解きながら
楽しむ

大人の源氏物語

KUMON

知っておきたい古典作品、読み直したい名作として、
いつでも名前があがる『源氏物語』。
本書は、古典文法の学び直しではありません。
平安貴族社会の、恋愛や人生のイベント、
服装などにまつわるトピック・キーワードを切り口に、源氏物語の一部を読み、
問題を解きながら楽しむことができる大人のワークブックです。

本書の特長と使い方

(1)

イラストを見ながら、キーワード解説を読みます。

(2)

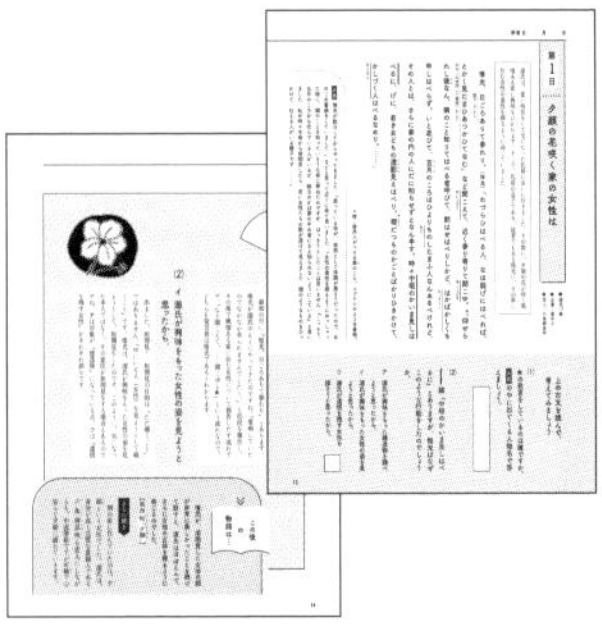

古文と大意を読んだら、問題に挑戦。解答解説を読んで、知識や理解を確認します。

貴族社会のキーワードを知る

源氏物語を読むときに知っておきたい、平安時代の風俗や常識などがあります。それらのキーワードを知り、該当するエピソードとともに読むことで、より深く物語を味わえるようになるでしょう。

物語を読んだら、問題にチャレンジ

キーワード解説と物語を読んだら、キーワードやお話にまつわる問題に答えます。注意深く古文を読むことにつながり、登場人物の心や行動について考える糸口を得ることができます。

1日2ページ、15分から

一つのエピソードを2ページで読み、学びます。毎日約15分の学習時間で第49日まで、楽しみながら教養を深めることができます。

目次

おもな登場人物

光源氏《ひかるげんじ》（光の君／源氏の君／六条院など）

本作主人公。帝《みかど》の第二皇子にして容姿端麗、頭脳明晰《めいせき》のパーフェクト超人。平安時代の女性の理想像。とはいえすべて順風満帆とはいかず、少し暗い影もあるところがまた魅力？初恋の女性の面影を追い続けるがゆえの華麗なる女性遍歴で、多くの女性を苦悩させる罪なヒト。意外と子煩悩。

惟光《これみつ》

源氏の乳母子《めのとご》である側近。源氏のことなら何でもお任せ！

源氏が愛した女性たち

藤壺《ふじつぼ》（藤壺院）

源氏の父・桐壺帝の妻の一人で、源氏の初恋の女性。源氏の母亡き後に入内《じゅだい》し、最も帝に愛された女性だが、若き源氏との一夜のあやまちが原因で、その後は苦悩のまま生涯を終えることに…。

紫《むらさき》の上《うえ》（紫の君／若紫）

藤壺の親戚で、少女のころに源氏に見初められ、自邸に引き取られる。見た目も美しく、教養、センスなど申し分ない女性に育てられ、源氏の最愛の人となる。やきもち焼きが玉に瑕《きず》。

正妻

葵《あおい》の上《うえ》

源氏の最初の妻。左大臣家の宮腹の美しい姫君で、気位が高く、源氏との仲は冷めきっていた。結婚十年にして第一子夕霧が生まれ、やっと源氏と心が通い始めた矢先に、六条御息所の生霊に取り殺される。

女三《おんなさん》の宮《みや》

源氏の兄・朱雀帝の姫君。柏木が結婚相手にと望んでいたが、朱雀帝の希望で源氏の妻となった。年の差婚で、源氏にとっては幼くて物足りない。柏木と許されない関係となり、悩みを抱えたまま薫を出産する。

明石《あかし》の君《きみ》

源氏と明石で知り合った女性。田舎出身のために低く扱われ、娘とも引き離されてしまったが、グッと我慢の人。才色兼備で琵琶《びわ》の名手。控えめで人柄がよく、娘が入内《じゅだい》した後もひたすら裏方に徹した。

六条御息所《ろくじょうのみやすどころ》

源氏の若き日の恋人。娘が一人いる。元東宮妃で少々年上だが、美しく、才能も身分も申し分ない完璧な女性。年齢的に不釣り合いと思いつつも、源氏に執心するあまり生霊となって、葵の上の死の原因となる。

頭中将《とうのちゅうじょう》（太政大臣など）

源氏にただ一人肩を並べることのできる、左大臣家の完璧貴公子。とはいえ何かと少しずつ源氏に及ばない。長きにわたるライバルとして大活躍。

柏木《かしわぎ》

頭中将の息子。源氏の年若い妻・女三の宮に恋慕するあまりあやまちを犯す。源氏にバレた苦悩が原因で病死。

秋好中宮《あきこのむちゅうぐう》
（梅壺女御）

六条御息所の娘。伊勢斎宮《いせ》となった後、京に戻って冷泉帝に入内する。母亡き後は源氏が後見人となった。

花散里《はなちるさと》

見た目はパッとしないが奥ゆかしい人柄で、源氏は長男・夕霧の世話を一任するほどの信頼を寄せている。

朧月夜《おぼろづきよ》

源氏の兄・朱雀帝の寵妃《ちょうき》で華やかな今風美人。こっそり源氏と関係していたのが発覚し、えらいことに。

空蝉《うつせみ》

源氏と一夜の関係をもったが、その後は拒んで源氏に爪痕を残して去る。後に窮地を源氏に救われる。

夕顔《ゆうがお》

源氏が十代のころ夢中になった女性。実は頭中将の元内縁の妻で子供もいる。物の怪《もののけ》に取りつかれて急死。

末摘花《すえつむはな》

零落した宮家の姫君。見た目やセンスが超残念だが、一途《いちず》な性格で、終生源氏に庇《ひ》護《ご》される。

朝顔の姫君《あさがおのひめぎみ》
（朝顔の斎院）

元斎院。源氏と若いころから惹《ひ》かれあっていたが、恋愛関係になることは拒み続けた。

玉鬘《たまかずら》

夕顔の遺児で、父は頭中将。母亡き後行方知れずになっていたが、源氏に引き取られる。予想外の人物と結婚する。

源氏の家族

桐壺帝《きりつぼてい》
（桐壺院）

朱雀帝と源氏の父。多くの妻がいたが、一人に肩入れしすぎてトラブルになる。死後も源氏を見守る。

桐壺更衣《きりつぼのこうい》

源氏が幼少期に死別した母。帝の愛を独り占めしたため他の女性からいびり倒され、その心労で夭逝《ようせい》。

朱雀帝《すざくてい》
（朱雀院）

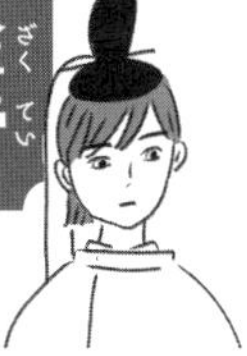

源氏の異母兄。弟を愛する心優しい兄だが、少し気が弱いところも。朧月夜にぞっこん。

夕霧《ゆうぎり》

源氏と葵の上の息子。源氏の第一子だが、性格は父に似ず超真面目。初恋の人（頭中将の娘）と結婚する。

冷泉帝《れいぜいてい》
（冷泉院）

公的には桐壺帝の皇子だが、実は源氏と藤壺の不義密通の子。自分の出生の秘密を知って苦しむ。

明石の姫君《あかしのひめぎみ》
（明石の中宮）

源氏と明石の君の娘。明石で生まれ、紫の上を母代わりとして養育される。祖父の夢の通り国母となる。

匂宮《におうのみや》

明石の中宮の三男（源氏の孫）。自由奔放な性格と行動で母を心配させている。薫とは幼なじみ。

薫《かおる》

女三の宮の子。なので、源氏の次男という立場であるが、柏木の子ではないかという疑惑のヒト。

人物関係図

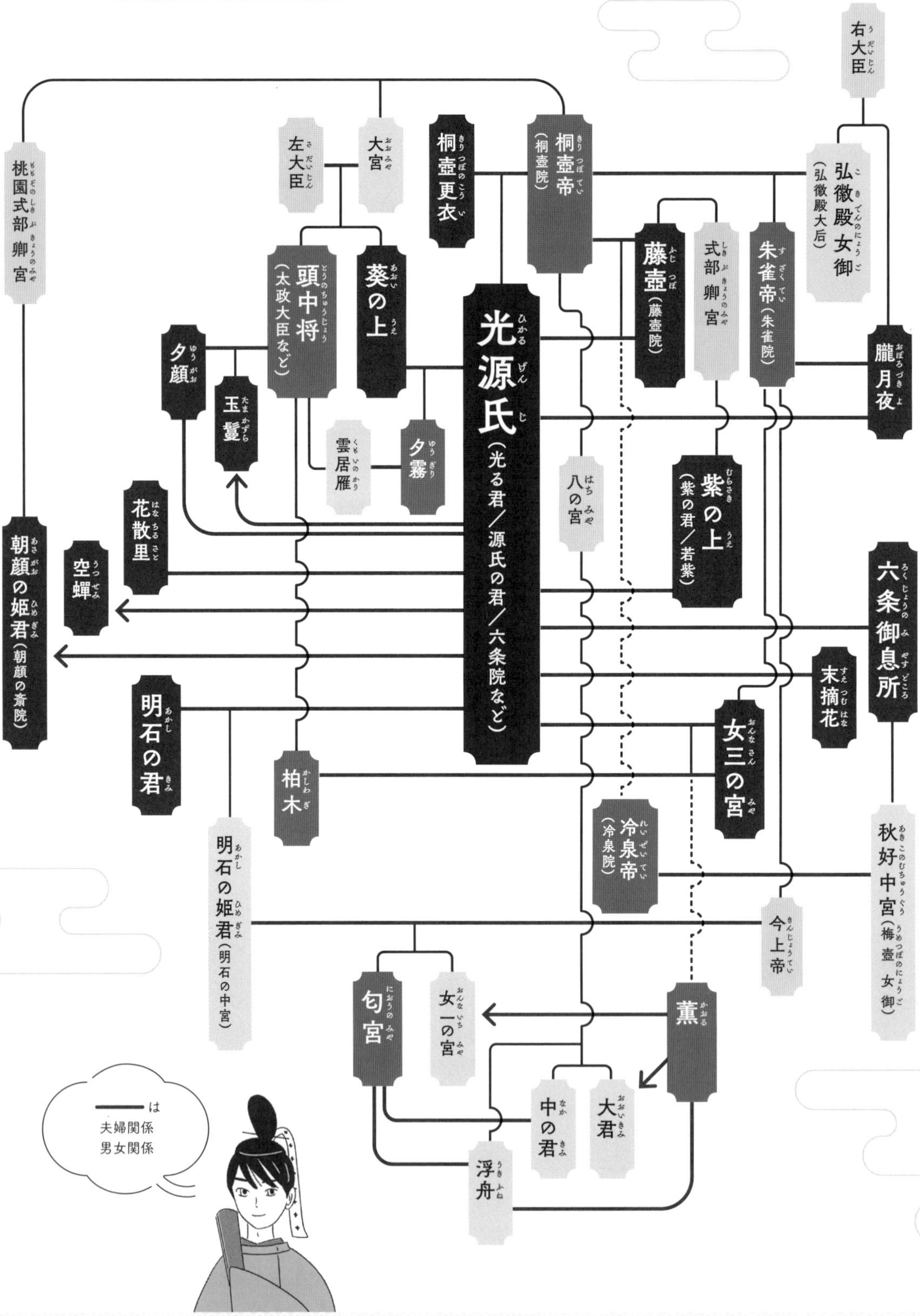

右大臣《うだいじん》
弘徽殿女御《こきでんのにょうご》（弘徽殿大后）
朱雀帝《すざくてい》（朱雀院）
朧月夜《おぼろづきよ》
式部卿宮《しきぶきょうのみや》
藤壺《ふじつぼ》（藤壺院）
桐壺帝《きりつぼてい》（桐壺院）
桐壺更衣《きりつぼのこうい》
大宮《おおみや》
左大臣《さだいじん》
桃園式部卿宮《ももぞののしきぶきょうのみや》
頭中将《とうのちゅうじょう》（太政大臣など）
葵の上《あおいのうえ》
光源氏《ひかるげんじ》（光る君／源氏の君／六条院など）
夕顔《ゆうがお》
玉鬘《たまかずら》
雲居雁《くもいのかり》
夕霧《ゆうぎり》
八の宮《はちのみや》
紫の上《むらさきのうえ》（紫の君／若紫）
花散里《はなちるさと》
空蝉《うつせみ》
朝顔の姫君《あさがおのひめぎみ》（朝顔の斎院）
六条御息所《ろくじょうのみやすどころ》
末摘花《すえつむはな》
明石の君《あかしのきみ》
女三の宮《おんなさんのみや》
柏木《かしわぎ》
冷泉帝《れいぜいてい》（冷泉院）
秋好中宮《あきこのむちゅうぐう》（梅壺女御《うめつぼのにょうご》）
明石の姫君《あかしのひめぎみ》（明石の中宮）
今上帝《きんじょうてい》
匂宮《におうのみや》
女一の宮《おんないちのみや》
薫《かおる》
中の君《なかのきみ》
大君《おおいきみ》
浮舟《うきふね》
——は
夫婦関係
男女関係

源氏物語のあらすじ年表

第一部

源氏《げんじ》誕生から青年期を経て、栄華を極めるまで。

帝《みかど》の子として生まれるも、母を早くに亡《な》くし、後ろ盾もないことで臣籍降下した源氏ですが、すくすくと育ち、光り輝くばかりの美貌をもつ青年となりました。父帝の后《きさき》である藤壺への思慕を一貫して胸に抱《いだ》きつつ、上流階級の女性から中流階級の女性まで、様々な女性と恋愛をします。手元で養育していた少女と結ばれ、心の安定を得ますが、父の死、藤壺の出家などつらいことが重なった折、京を離れることに。そこで女性と結ばれた後、源氏は京に戻ります。息子の出世や娘の入内《じゅだい》で、源氏はこの世の栄華を極めるのでした。

第一部

巻名	学習日	出来事	出来事時点の源氏の年齢
① 桐壺《きりつぼ》	第28日 第13日 第18日	光の君、誕生する　当時の帝《みかど》である桐壺帝《きりつぼてい》と、その寵姫《ちょうき》・桐壺更衣《きりつぼのこうい》との間に光る君(＝源氏)が生まれる。	1歳
		桐壺更衣が死去	3歳
		光の君、臣籍降下し源氏姓を賜る	
		藤壺《ふじつぼ》が入内《じゅだい》　桐壺更衣に瓜二つの藤壺が入内する。後に、源氏は亡き母に生き写しの藤壺を慕うようになる。	
		元服し葵《あおい》の上《うえ》と結婚する　左大臣の娘と結婚することで、社会的地位を固める。	12歳
② 帚木《ははきぎ》	第25日 第11日 第26日 第6日	空蝉《うつせみ》と出会う　「雨夜の品定め」で友人たちと理想の女性について語り合った後すぐの恋愛。	17歳
③ 空蝉《うつせみ》		空蝉、源氏との関係を拒絶　人妻の空蝉は源氏との関係を拒絶する。	
④ 夕顔《ゆうがお》	第1日 第27日	夕顔《ゆうがお》と出会い、死別する　通りすがりに見初めた夕顔に夢中になり通うが、ある日夕顔は物《もの》の怪《け》に憑《つ》かれて死亡する。	
⑤ 若紫《わかむらさき》	第2日	北山で紫《むらさき》の君《きみ》を見つける　病気治療のため赴いた北山で、藤壺に似た少女を見つける。運命の出会い。	18歳
		藤壺との逢瀬《おうせ》　藤壺が妊娠。源氏、藤壺共に罪の深さにおののく。	
		紫の君を自邸に引き取る　祖母と死別した紫の君を強引に自邸に引き取る。将来の妻候補として理想的な女性に養育する。	
⑥ 末摘花《すえつむはな》	第37日 第5日 第9日	末摘花《すえつむはな》と出会う　故常陸宮《ひたちのみや》の姫君が零落していると聞き、関係をもつ。魅力的な女性ではなかったので、いったん足が遠のく。	
⑦ 紅葉賀《もみじのが》	第49日	藤壺が出産　源氏との不義の子が生まれる。後の冷泉帝《れいぜいてい》である。	19歳

第一部

第一部

巻名	学習日	出来事	出来事時点の源氏の年齢
⑧花宴《はなのえん》	第29日 第10日	朧月夜《おぼろづきよ》と出会う　宮中の桜花の宴《えん》の後で偶然出会って、相手が誰かも知らないまま扇を交換する。後で政敵・右大臣家の姫君であると知る。	20歳
⑨葵《あおい》	第20日 第24日 第31日 第17日	葵《あおい》の上《うえ》が長男・夕霧《ゆうぎり》を出産し、死去　六条《ろくじょうの》御息所《みやすどころ》の生霊が現れる。	22歳
		紫《むらさき》の上《うえ》と結ばれる　葵の上の喪が明け、美しく育った紫の上と結ばれる。	
⑩賢木《さかき》	第44日 第47日 第21日 第45日 第48日	六条御息所が伊勢《いせ》へ下向　六条御息所は、葵の上の死に自分の生霊が関わっていることに苦しみ、源氏への思いを絶つべく、娘が斎宮になるのに伴い、都を離れて伊勢へ。	23歳
		藤壺《ふじつぼ》が出家　桐壺院《きりつぼいん》の死後、藤壺は出家する。	24歳
⑪花散里《はなちるさと》		花散里《はなちるさと》のもとを訪れる　亡き父の女御《にょうご》であった麗景殿女御《れいけいでんのにょうご》と、その妹で恋人であった花散里のもとを訪れる。	25歳
⑫須磨《すま》	第35日 第30日	須磨に退く　朧月夜が源氏の兄・朱雀帝《すざくてい》に入内《じゅだい》後も、彼女と密《ひそ》かに逢《あ》っていたのが発覚し、源氏自ら距離を置くことを決意する。	26歳
⑬明石《あかし》	第4日	明石へ移り、明石《あかし》の君《きみ》と出会う　源氏の夢枕に現れた亡き桐壺院のお告げと、明石《あかし》の入道《にゅうどう》の夢のお告げで、須磨から明石へ。明石の君と結ばれる。	27歳
		京へ召し戻される　源氏を失脚させようとした右大臣家に不幸が続き、朱雀帝の夢にも桐壺院が現れ、源氏は都に呼び戻される。	28歳
⑭澪標《みおつくし》		明石の君が娘を出産　後に中宮となる明石《あかし》の姫君《ひめぎみ》が生まれる。	29歳
		六条御息所が死去　娘と共に都に戻った六条御息所は、娘の将来を源氏に頼んで亡くなる。源氏は娘・前斎宮(後の秋好中宮《あきこのむちゅうぐう》)を引き取る。	
⑮蓬生《よもぎう》		末摘花《すえつむはな》と再会する　この後、二条院に末摘花を引き取る。	
⑯関屋《せきや》		空蟬《うつせみ》と再会する　後に、空蟬は出家する。	
⑰絵合《えあわせ》		前斎宮が入内《じゅだい》　六条御息所の娘が、源氏の計らいで入内する。女御となる。	31歳
⑱松風《まつかぜ》		明石の君母子が都へ　源氏は明石の君と姫君を都に呼びよせる。	
⑲薄雲《うすぐも》		藤壺が死去　藤壺が病死し、源氏は嘆き悲しむ。藤壺の子・冷泉帝《れいぜいてい》は自分の出生の秘密(自分の実の父は源氏)を知り、深く苦悩する。	32歳

第二部

《 源氏が女三《おんなさん》の宮《みや》を正妻に迎えてから亡《な》くなるまで

自邸に女性たちと暮らす源氏でしたが、兄の頼みで女三の宮を正妻にしてから、波乱が始まります。女三の宮と柏木の密通、紫の上の苦しみと死など…。源氏は出家を思うのでした。

部	帖	読む日	あらすじ	源氏の年齢
第一部	⑳朝顔《あさがお》	第12日	朝顔《あさがお》の姫君《ひめぎみ》を訪れる　源氏は昔から好意を寄せていた、いとこの朝顔の姫君に言い寄るが、朝顔の君は応じない。紫の上は嫉妬に苦しむ。	
	㉑少女《おとめ》	第14日 第43日 第32日	夕霧が元服　源氏の長男・夕霧が元服する。いとこの雲居雁《くもいのかり》との幼い初恋が発覚、雲居雁の父に引き離される。夕霧は学問に邁進《まいしん》する。	33歳
	㉒玉鬘《たまかずら》	第34日	筑紫《つくし》で育った玉鬘《たまかずら》が都へ　夕顔《ゆうがお》の娘・玉鬘を源氏が引き取る。女性として魅力を感じながらも、親代わりとなって世話をする。	35歳
	㉓初音《はつね》			
	㉔胡蝶《こちょう》	第3日	玉鬘が評判に　玉鬘に求婚の手紙が多数来る。源氏、親代わりに相手を検討する。	36歳
	㉕蛍《ほたる》 ㉖常夏《とこなつ》 ㉗篝火《かがりび》 ㉘野分《のわき》 ㉙行幸《みゆき》 ㉚藤袴《ふじばかま》			
	㉛真木柱《まきばしら》	第36日	玉鬘が結婚　玉鬘と強引に結婚した髭黒《ひげくろ》の大将《たいしょう》、その北の方とトラブルになる。	37歳
	㉜梅枝《うめがえ》	第15日 第38日	明石の姫君の裳着《もぎ》の儀　源氏の娘・明石の姫君が、成人の儀を行う。	39歳
	㉝藤裏葉《ふじのうらば》	第46日	夕霧が結婚、明石の姫君が東宮に入内　源氏の息子・夕霧が雲居雁と結婚し、娘・明石の姫君が東宮に入内して女御となる。 栄華を極める　娘の入内で源氏は太上天皇に準ずる位となる。	
第二部	㉞若菜《わかな》 上《じょう》	第16日 第22日 第42日 第39日	女三《おんなさん》の宮《みや》が源氏に降嫁　朱雀院の頼みで女三の宮が源氏の正妻になる。	40歳
			明石の女御が皇子を出産　明石の入道の夢のお告げ（自分の娘が国母の母になる）が実現し、明石の入道は山に入り姿を消す。	41歳
	㉟若菜《わかな》 下《げ》	第7日	柏木《かしわぎ》と女三の宮の密通事件　柏木が、恋していた女三の宮のところに忍び入る。二人はあってはならない関係となる。女三の宮はこの後妊娠する。	47歳
	㊱柏木《かしわぎ》		薫《かおる》が誕生、女三の宮が出家　女三の宮は男児（薫）を出産の後、柏木とのあやまちの罪の重さに耐えきれず出家する。 柏木が死去　同じく自らの罪の重さと、源氏が察していることに対する恐ろしさを苦にして、柏木は重病に苦しみ、死んでしまう。	48歳

時は流れて、物語の主役は薫と匂宮となります。薫は表向きは源氏の子供ですが、実は女三の宮と柏木との子供。自分の存在に苦悩する薫ですが、あるとき宇治の姉妹に出会い、姉の大君に恋をします。源氏の孫の匂宮は宇治の姉妹の妹・中の君と結婚しますが、順風満帆といかず…。やがて二人は大君に瓜二つの浮舟に恋をしますが、浮舟は恋の板挟みに苦しみ、川に身を投げるのでした。

第三部

源氏の息子・薫《かおる》と源氏の孫・匂宮《におうのみや》の恋愛

部	巻名	学習日	出来事	出来事時点の源氏の年齢
第二部	㊲横笛《よこぶえ》 ㊳鈴虫《すずむし》 ㊴夕霧《ゆうぎり》			
	㊵御法《みのり》	第23日	紫《むらさき》の上《うえ》が死去　源氏最愛の妻・紫の上が死去する。源氏は悲しみのあまり出家を考える。	51歳
	㊶幻《まぼろし》	第33日	紫の上を追憶する　源氏は出家の準備を整える。この後「雲隠《くもがくれ》」巻となる。（巻名のみ）	52歳
第三部	㊷匂兵部卿《におうひょうぶきょう》		薫《かおる》と匂宮《におうのみや》の活躍　源氏亡《な》き後、その子・薫と、孫・匂宮が人々の注目を集める。	薫
	㊸紅梅《こうばい》 ㊹竹河《たけかわ》			
	㊺橋姫《はしひめ》	第41日	薫、自分の出生の秘密を知る　女三《おんなさん》の宮《みや》と柏木《かしわぎ》の密通事件を知り、薫は苦悩する。	20〜22歳
	㊻椎本《しいがもと》		薫、宇治《うじ》を訪れる　源氏の異母弟・八《はち》の宮《みや》が死去し、薫は弔問のためその娘たちを訪問する。薫は大君《おおいきみ》に思いを告げるが、拒否される。匂宮は妹の中《なか》の君《きみ》を思っていた。	23歳
	㊼総角《あげまき》	第8日	匂宮が中の君と結ばれる　もともと縁談のあった薫ではなく、匂宮が中の君と結ばれるが、宇治まで来ることは難しく、なかなか通えないままになる。	24歳
		第19日	大君が死去　妹に結婚を勧めたものの、匂宮の愛情に不安を抱き、妹の将来を不安に思った大君は、心労が原因で死去する。薫の悲しみは深い。	
	㊽早蕨《さわらび》		匂宮が六《ろく》の君《きみ》と結婚　匂宮は夕霧《ゆうぎり》の娘と結婚する。	
	㊾宿木《やどりぎ》		薫、女二《おんなに》の宮《みや》と結婚　薫は大君への気持ちを断ち切れないまま、女二の宮と結婚する。その矢先、大君に似た浮舟《うきふね》を垣間見《かいまみ》る。	26歳
	㊿東屋《あずまや》		薫、浮舟と結ばれる　結婚が破談になった浮舟は、薫と結ばれる。	
	(51)浮舟《うきふね》		匂宮が浮舟と関係をもつ　匂宮も浮舟を恋するあまり、強引に関係をもつ。浮舟はいけないことと思いつつも、匂宮に心を惹《ひ》かれてしまう。	27歳
	(52)蜻蛉《かげろう》	第40日	浮舟が失踪　薫と匂宮との三角関係に苦しんだ浮舟は、川に身投げすることを決め、姿を消す。	
	(53)手習《てならい》			
	(54)夢浮橋《ゆめのうきはし》		浮舟が出家　薫は姿を消していた浮舟らしき女性の話を聞くが、すでに出家していたその人は薫に会おうとしなかった。	28歳

恋愛編

読んだ日　月　日

垣間見《かいまみ》

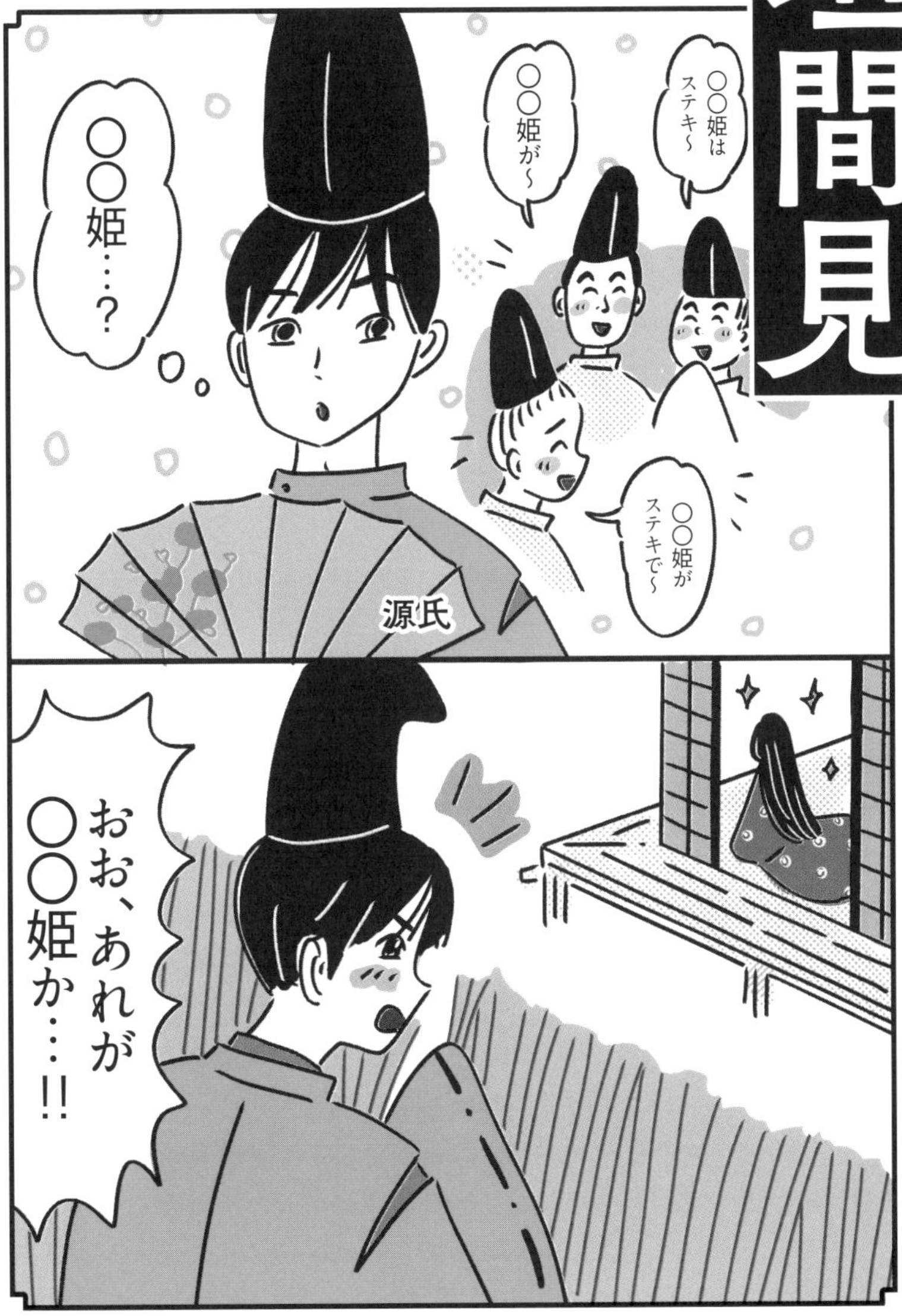
○○姫はステキ～
○○姫が～
○○姫…？
○○姫がステキで～
源氏
おお、あれが○○姫か…!!

≫愛の始まり

キーワード解説

垣間見
かいまみ

物の隙間からこっそりと覗《のぞ》き見ることです。現代でも使われる言葉ですが、古典の世界では、違う意味合いが存在します。

当時、貴族の女性は基本的に家の中におり、**成人した男女が顔を合わせることはほとんどありませんでした**（宮仕《みやづか》えをしている女性は除きます）。

そのため、男性が女性に会う機会は、「垣間見」（この場合は男性から一方的に見ているだけですが…）かお見合いかの二択しかありません。ですので、「垣間見」には、**「お目当ての女性を探すために覗き見る」**という意味が含まれているのです。

なお、噂《うわさ》を聞きつけて、特定の個人の家を覗く場合と、どんな人が住んでいる家なのかな？　と好奇心で覗いた結果、女性がいたという場合とがあります。前者にしても後者にしても、現代ですと通報ものですが、当時は大事な恋愛の始まりですからね。

また、垣間見という言葉を使わずに、ただ「のぞく」とだけ書かれている場合もありますよ。

第1日 夕顔の花咲く家の女性は

●源氏17歳
●正妻…葵の上
●恋人…六条御息所

源氏は、重い病気をして尼になった乳母《うば》に会いに行きました。その際に、夕顔の花が咲く風情ある家に興味をひかれます。そこで、乳母の息子であり、従者でもある惟光《これみつ》に、その家に住む女性の素性を探るように命じていました。

惟光、日ごろ《数日してから》ありて参れり。（惟光）「わづらひはべる人、なほ弱げにはべれば、とかく見たまひあつかひて《あれこれ世話（＝看病）をして》なむ」など聞こえて《申し上げて》、近く参り寄りて聞こゆ《申し上げる》。★「仰せられし後《のち》なん、隣のこと知りてはべる者呼びて、問はせはべりしかど、はかばかしくも《はっきりと》申しはべらず。いと忍びて、五月《さつき》のころほひよりものしたまふ《住む》人なんあるべけれど、その人とは、さらに家の内の人にだに知らせずとなん申す。時々中垣のかいま見しはべるに、げに、若き女どもの透影《すきかげ》見えはべり。＊褶《しびら》だつものかごとばかりひきかけて、かしづく人《仕える人》はべるなめり。……」

＊褶…使用人がつける裳《も》のこと。エプロンのような着物。

大意 惟光が数日してからやってきました。「患っている母が、依然として体調が悪そうだったので、あれこれ看病をしていまして。」などと言って近くに来て言いました。「女性の素性を探るようにおっしゃった後に、隣のことを知っていそうな者に尋ねたのですが、はっきりとしたことは言いません。『こっそり、五月のころから住んでいる人がいるが、誰なのかは家の中の者にさえ知られないようにしている』と言いました。私が時々中垣から垣間見したら、若い女性たちの影が透けて見えました。褶のようなものをひっかけて、仕える人がいる様子です。……」

上の古文を読んで、考えてみましょう

(1) ★の発言をしているのは誰ですか。**大意**の中に出てくる人物名で答えましょう。

(2) ━線「中垣のかいま見しはべるに」とありますが、惟光はなぜこのような行動をしたのでしょうか。

ア 源氏が興味をもった建造物を調べようと思ったから。

イ 源氏が興味をもった女性の姿を見ようと思ったから。

ウ 源氏が遺恨を残す女性を探そうと思ったから。

解答、解説

(1) 惟光《これみつ》

最初の行に「惟光、日ごろありて参れり」とあります。惟光が源氏のもとにやってきたのですね。「看病していたのでなかなか来られませんでした〜。」と近況を報告し、その後で風情ある家に住む女性について報告しだす流れです。「など聞こえて、……聞こゆ→★」という流れなので、どちらも発言者は惟光であるとわかります。

(2) イ 源氏が興味をもった女性の姿を見ようと思ったから。

出ました、垣間見《かいまみ》！ 垣間見の目的は「ただ覗《のぞ》くこと」ではありません。「中にいる人（女性）を見ようとして覗くこと」です。惟光は、源氏が興味をもった女性の姿を見ようとして、垣間見をしたのです。このように、気になった本人ではなく、その家臣が垣間見をする場合もあるのですね。**ア**は対象が「建造物」になっている点、**ウ**は「遺恨を残す女性」がそれぞれ誤りです。

この後の物語は…

惟光が、垣間見した女性の顔が非常に美しかったことを続けて話すと、源氏はほほえんで、さらに女性の正体を探るように命じるのでした。

【第四帖《じょう》「夕顔《ゆうがお》」】

さらに続き

例の家に住んでいたのは、夕《ゆう》顔《がお》という女性でした。源氏は、身分が高く完璧な貴婦人である六条御息所《ろくじょうのみやすどころ》を恋人にしながらも、中流階級ですが可憐《かれん》で心安らぐ夕顔に溺れていきます。

第2日 気になる家を覗《のぞ》いてみると…

病気の静養のため、源氏は都を離れて郊外の北山にやってきました。そこには、ふと目につく実に風情のある一軒の家がありました。遠目に見た感じでは、どうやらこの家には女性が住んでいるような雰囲気です。どんな人が住んでいるのか、源氏は気になってたまりません。

● 源氏18歳
● 正妻…葵の上
● 恋人…六条御息所

日もいと長きにつれづれなれば、夕暮のいたう霞《かす》みたるにまぎれて、かの（あの、例の。前に目を付けていたという意味）小柴垣《こしば》のもとに立ち出《い》でたまふ。人々は帰したまひて（(惟光以外の)お供の人々を、都に帰らせなさって）、惟光朝臣《これみつのあそん》とのぞきたまへば、ただこの西面にしも、*持仏《じぶつ》すゑたてまつりて行ふ①尼なりけり。簾《すだれ》すこし上げて、花奉《たてまつ》るめり（仏様に花をお供えしている）。中の柱に寄りゐて、*脇息《きょうそく》の上に経を置きて、いとなやましげに（つらそうに）(お経を)読みゐたる尼君、ただ人（平凡な人。普通の身分の人。）と見えず。四十余《よ》ばかりにて、いと白うあてに痩せたれど、つらつきふくらかに、まみのほど、髪のうつくしげにそがれたる末も、なかなか（かえって）長きよりもこよなういまめかしき（今風である）ものかな、と②あはれに見たまふ。

きよげなる大人二人ばかり、さては童《わらわ》べぞ出で入《い》り遊ぶ。

＊持仏…個人が身近に置いて朝夕拝む仏像。　＊脇息…ひじかけ。

大意 訪れる人もなくなんとなく暇だったので、源氏は夕暮れに紛れて、あの目を付けていた家の所に行きました。惟光と覗き見したところ、持仏を置いてお経を読み、拝んでいる尼君がいました。簾を少し上げて花をお供えしています。柱のそばでお経を読む尼君は平凡な人とも思えません。四十過ぎくらいでとても色白で上品で、痩せてはいるけれども頬がふっくらとして、髪を短く切りそろえている尼君の様子は、心惹《ひ》かれる感じです。こぎれいな女房が二人ほどと、子供たちが出入りして遊んでいるのも見えました。

上の古文を読んで、考えてみましょう

(1) ━線①「尼」とありますが、この人を見て源氏はどういう気持ちになりましたか。

ア 若い女性の住まいだと期待していたので、恋愛対象でなくてがっかりした。

イ 気品のある尼君の様子を見て、いったいどういう人なのかと興味を抱いた。

ウ 尼君以外にこの家にいる女性を探そうと、心ここにあらずな状態になった。

［　　］

(2) ━線②「あはれに見たまふ」とありますが、誰が、誰をこのように見るのですか。**大意**の中に出てくる人物名で答えましょう。

［　　　が　　　を　　　］

解答、解説

(1) イ　気品のある尼君の様子を見て、いったいどういう人なのかと興味を抱いた。

風情ある家の様子が気になり、すてきな女性がいることを期待して覗《のぞ》いてはいるのですが「四十過ぎの尼さんかぁ……。」とがっかりしたわけではありません。顔つきや髪の感じなどをあれこれ観察して、「ただ人と見えず」などと関心をもっています。なお、この後に出てくる「童《わらわ》べ」の一人が後の恋人となる紫《むらさき》の上《うえ》なのですから、今回の垣《かい》間見《まみ》は大成功！

(2) 源氏〔が〕尼君〔を〕

「ただこの西面にしも」以降の記述は、源氏が見ている家の中の様子です。尼君の様子、特に見た目の描写はすべて源氏目線の感想です。年齢的にも、出家している尼という立場を考えても、尼君自身は源氏の恋愛の対象外の女性ではありますが、「ただ人」に見えないこの尼の伝手《つて》で、すてきな若い女性に出会えるかも♡という期待は十分もてますね。

この後の物語は…

北山の尼君の家で見かけた女の子は、源氏の父・桐壺帝《きりつぼてい》の寵愛《ちょうあい》を受ける藤壺《ふじつぼ》にどこか似ていました。実は藤壺の姪《めい》にあたる子だとわかり、藤壺に思いを寄せる源氏は、この子を引き取りたいと考えます。

【第五帖《じょう》「若紫《わかむらさき》」】

さらに続き

北山から帰った源氏は、思慕する藤壺と道ならぬ関係になりました。やがて藤壺は妊娠します。表向きは桐壺帝の皇子ですが、実は源氏の子…。二人は罪の深さに震えるのでした…。

読んだ日　月　日

懸想《けそう》・懸想文《けそうぶみ》

≫ラブレター

すてきなあの姫にラブレターを書こう♡
だれにわたせばいいんですか〜?
柏木
姫さま〜また来ましたよ〜
どっちゃり
…えっ…
ま、また…?
玉鬘

キーワード解説

懸想《けそう》・懸想文《けそうぶみ》

「想《おも》いを懸ける」という字面からわかるように、「懸想文」はラブレターのことです。その文面は、主に相手への想いを綴《つづ》った**和歌**です。和歌をしたためた懸想文は、細長くたたんで、季節を感じる花や枝などに結んで相手に届けます。

当時の恋愛は、男性が垣間見した女性や、噂《うわさ》で聞いていいなと思う人へ「懸想文」でアプローチすることから始まることがほとんど。何度か文字でやりとりをして、人柄を察してよさそうだなと思ったら初めてご対面♡という意味では、現代のネット恋愛と通じるものがありますね。女性にとっては会ったこともない相手の懸想文から、教養のほど、センスや人柄、自分への想いを読み取って交際を開始するかどうかを決めるのだから、特に初回の懸想文はとても重要です。

なお、**和歌がうまく詠める**というのはそれだけで好感度爆上がり！　**手書き文字**は人柄を察する基準になり、手紙を書いた**紙の質や添える花や枝などはセンスが問われる**ところなので、細部まで気を使うものでした。そこはネット恋愛にはないところですね。

第3日　玉鬘《たまかずら》に殺到する懸想文

● 源氏36歳
● 正妻格…紫の上
● 妻…花散里、明石の君

源氏は、昔の恋人・夕顔《ゆうがお》の忘れ形見である玉鬘（実の父は源氏の友人であり、ライバルの内大《ないだい》臣《じん》）を引き取りました。源氏は保護者として、玉鬘に届いた懸想文をチェックします。

みな見くらべたまふ中に、＊唐《から》の縹《はなだ》の紙の、いとなつかしうしみ深う匂へるを、いと細く小さく結びたるあり。（源氏）「これはいかなれば、かく結ぼほれたるにか」とてひきあけたまへり。手いとをかしうて、

思ふとも①君は知らじなわきかへり岩漏る水に色し見えねば

書きざまいまめかしうそぼれたり。（源氏）「これはいかなるぞ」と問ひきこえたまへど、はかばかしうも聞こえたまはず。右近《うこん》を召し出《い》でて、（源氏）「かやうにおとづれきこえん人をば、②人選《え》りして答《いら》へなどはせさせよ。……」……。

なつかしう：心惹《ひ》かれる
手：筆跡
そぼれたり：気取っている。しゃれている
はかばかしう：はっきりとは
右近：ここでは、玉鬘付きの侍女のこと
おとづれきこえん人：懸想文を届けてくるような人

＊唐の縹の紙…唐（中国）からの舶来品の薄い藍色の紙。

大意　源氏が懸想文を見比べていると、縹の紙で、とても心惹かれる香りの手紙が小さく結んでありました。源氏は「これはどうしてこんな感じで結んであるのだ？」と開けると、「私の恋心はご存知ないでしょうね。岩から漏れ出る湧水のように、恋心に色はなく、目に見えませんから。」と、今風のしゃれた感じの筆跡で書いてあります。「誰の手紙か。」と聞いても、玉鬘は返事をしません。源氏は右近を呼んで、「懸想文を届けてくる人の中から選んでお返事を書かせなさい。……」と言います。

上の古文を読んで、考えてみましょう

(1) ——線①「君」とは誰のことですか。**大意**の中に出てくる人物名で答えましょう。

(2) ——線②「人選りして答へなどはせさせよ」とありますが、なぜこのように言うのでしょうか。

ア　ふさわしい人を選んで返事をし、交際を開始するため。
イ　手紙が多すぎて全員には返事を書ききれないため。
ウ　返事をしないのは良家の子女として感じが悪いため。

解答、解説

(1) 玉鬘《たまかずら》

源氏は、玉鬘の噂《うわさ》を聞きつけて送られてきた懸想文をチェックしています。懸想文では、恋する想《おも》いを「和歌」に詠むのでしたね。よって、和歌に出てくる「君」とは、玉鬘のことです。ちなみに、このセンスある紙としゃれた筆跡で文を送ってきたのは、内大臣《ないだいじん》（元・頭中将《とうのちゅうじょう》）の息子・柏木《かしわぎ》で、本人は知りませんが玉鬘の異母兄弟なのです…。

(2) ア ふさわしい人を選んで返事をし、交際を開始するため。

ラブレターをもらったからといって、必ず返事をしないといけないということはありません。特に今回はたくさんの懸想文が届いているわけですから、返事は、すてきな懸想文を届けてくれた人や、家柄や身分、世間の評判が良く交際するに値する人だけに書けばOK。交際をお断りする手紙はわざわざ書かないことが多く、返事がない＝お断りと察する場合も多いので、イとウは誤りです。

この後の物語は…

あくまでも昔の恋人の忘れ形見として、親代わりに玉鬘を引き取った源氏ですが、だんだん玉鬘に心惹《ひ》かれていきます。

【第二十四帖「胡蝶《こちょう》」】

さらに続き

ついに恋心を打ち明ける源氏に、玉鬘は困惑するばかり。源氏もさすがにこらえて好条件の兵部卿宮《ひょうぶきょうのみや》（先帝の皇子）との交際をお勧めしますが…なんと玉鬘は、意外な人と結ばれることになります。

第4日

懸想文の返事はまさかの…？

都を離れてわび住まいの源氏は、明石《あかし》の入道《にゅうどう》から娘（明石《あかし》の君《きみ》）の話を聞いて、懸想文を送ります。入道は、高貴な都人が娘に懸想文をくれたので大喜び！　しかし娘の方は…？

●源氏27歳
●正妻格…紫の上（遠距離恋愛中）

高麗《こま》の胡桃《くるみ》色の紙に、えならずひきつくろひて、

（源氏）「をちこち《遠く、近く》も知らぬ雲居にながめわびかすめし宿《（入道が）ほのめかしたこちらの家》の梢《こずえ》をぞとふ

思ふには《「思ふには」という歌のように》」とばかりやありけん《（思いをこらえきれません）》。入道も、人知れず待ちきこゆとて、かの家《娘の家》に来ゐたりけるもしるけれ《成果があったので》ば、御使《つかい》《源氏からの使者》いとまばゆきまで酔《え》はす。①御返りいと久し。内に入《い》りて②そそのかせど、むすめはさらに聞かず。いと恥づかしげなる《気が引けるほど立派な》御文のさまに、さし出《い》でむ手つきも恥づかしうつつましう、人の御ほどわが身のほど《源氏のご身分と自分の身分の差》思ふにこよなくて、心地あしとて寄り臥《ふ》しぬ。言ひわびて入道ぞ書く。（入道）「いとかしこきは、田舎びてはべる袂《たもと》につつみあまりぬるにや、さらに見たまへも及びはべらぬかしこさになん。……」

大意　源氏は高麗産《こうらい》の紙で「遠くとも近くともわからない空をながめては物憂《ものう》い思いをして、霞《かすみ》の向こうのあなたの宿の梢を訪れるのです。思いがこらえきれなくて。」という懸想文を出しました。源氏からの文を期待していた入道は大喜びで使いを酔わせます。返事を促しますが、娘はあまりにも立派なお手紙なので恥ずかしく、身分不相応で、気分が悪いといって臥せってしまいました。説得しきれず、入道が返事を書きます。「畏れ多く、田舎者の娘にはあまりあるのでしょうか。文を見ようともしません。……」

上の古文を読んで、考えてみましょう

(1) ——線①「御返りいと久し」とありますが、娘はなぜすぐに返事を書かなかったのでしょうか。

ア　知らない人からの手紙なので、不審に感じたから。
イ　愛情の感じられない手紙で、気に入らないから。
ウ　あまりにも立派な人からの手紙で、気がひけたから。

□

(2) ——線②「そそのかせど」とありますが、入道は娘に何をするよう「そそのか」したのですか。古文の中から一語でぬき出しましょう。

□

第4日

解答、解説

(1) ウ あまりにも立派な人からの手紙で、気がひけたから。

手紙を受け取った娘は、「恥づかしうつつましう」感じています。その理由はまず、手紙が高麗《こうらい》（つまり、舶来品！）の上等の紙に書かれていて、気おくれするほど立派であったから。それに、都から来た帝《みかど》の血を引く貴人から、こんなに立派な懸想文をもらうなんて、自分には不相応だとも思っています。知らない人からの懸想文は当たり前なので、アは誤り。心のこもった手紙なので、イも誤りです。

(2) 御返り

懸想文をもらったら、速やかに返歌を書くのがマナー！これもネット恋愛に通じるところがありますね。メッセージを送ったのに返信がないのでは、「脈なしかな」と思われてしまいます。なのに、娘は返事をしようとしないので、明石《あかし》の入道《にゅうどう》が代わりに返事を書いたのです。さすがの源氏もあきれてしまうことになります。手紙の代筆は珍しいことではありませんが、まさかお父さんからの返事とは…。

この後の物語は…

源氏との交際に乗り気ではなかった明石《あかし》の君《きみ》ですが、やがて手紙をやり取りするようになり、とうとう源氏と結ばれます。しかし、源氏は都に呼び戻され、別れの日が来るのでした。

【第十三帖《じょう》「明石《あかし》」】

さらに続き

源氏は、妊娠した明石の君とその子供を、都に迎えることを決意します。都で源氏の帰りを一途《いちず》に待っていた紫《むらさき》の上《うえ》は、いったいどう思うのでしょう…。

第5日　返事がないので、強引に…

●源氏18歳
●正妻…葵の上
●恋人…六条御息所

源氏と頭中将《とうのちゅうじょう》は、亡《な》き常陸宮《ひたちのみや》の姫君（末摘花《すえつむはな》）に何度も懸想文を送りますが、なしのつぶてです。源氏はついに、姫君の侍女の手引きで強引に家に押しかけ、対面します。

とかう（女房に）そそのかされて《促されて》、（姫君が）ゐざり寄りたまへる《座ったままの状態で移動し》けはひしのびやかに、*えひの香《か》いとなつかしう薫り出《い》でて、おほどかなる《おおらかな感じである》を、（源氏は）さればよ《思っていた通りだ》と思《おぼ》す。年ごろ思ひわたるさまなど、いとよくのたまひつづくれど、まして近き御答《いら》へは絶えてなし。わりなのわざや《どうにもならない》とうち嘆きたまふ。

（源氏）「いくそたび君がしじま《静けさ、沈黙》に負けぬらんものな言ひそといはぬたのみにのたまひも棄《す》ててよかし。玉だすき苦し《どっちかはっきりしないのはつらい》」とのたまふ。女君の*御乳母子《めのとご》、侍従《じじゅう》とて、はやりかなる《せっかちな》若人、いと心もとなうかたはらいたしと思ひて、さし寄りて聞こゆ。

★「鐘つきてとぢめむことはさすがにてこたへまうきぞかつはあやなき」

＊えひの香…匂い袋。　＊御乳母子…貴人の乳母《うば》の子供。貴人とは主従関係でありながら、兄弟のような関係である。

大意　女房に促されて姫君が近寄ってくると、香りもよくておおらかな感じで、源氏は思っていた通りだと思います。ずっと思慕してきたことを話しても、懸想文の返事もなかったのだから、まして近く対面してのお返事はしてくれません。取り付く島もない態度に、源氏は「何も言うなと言われないので言い寄ってきたのですが。嫌なら嫌といっそ言い捨ててください。」と嘆きます。姫君の乳母子の侍従が、じれったがって姫君の代わりに返事をしました。「お答えするのがつらいのは、自分でも納得いかないことです。」

上の古文を読んで、考えてみましょう

(1) ━線「わりなのわざや」とありますが、源氏は、どのようなことに対して「どうにもならないことだ」と嘆いているのでしょうか。

ア　姫君が源氏のことを嫌って近寄ろうともしないこと。
イ　話しかけても姫君が全く返事もしてくれないこと。
ウ　姫君の侍女たちが源氏の来訪を歓迎していないこと。

(2) ★の和歌は誰の思いを詠んだものでしょうか。**大意**の中に出てくる人物名で答えましょう。

解答、解説

(1)　イ　話しかけても姫君が全く返事もしてくれないこと。

源氏は何度も姫君に懸想文を送っていますが、返事もなく、思い余って家を訪ねてきました。が、対面して言葉を尽くして思いを伝えても、それにすら一切返答がありません。さすがに予想外の展開で、源氏は困惑しきり。侍女は、姫君と源氏の仲を取り持とうとしているので、ウは誤り。姫君は源氏に「ゐざり寄」って近づいてはいるので、アも誤りです。

(2)　姫君

この歌を詠んだのは、姫君の乳母子《めのとご》の侍従《じじゅう》です。が、ここで一つ気をつけないといけないのは、これは源氏が姫君に対して詠んだ和歌への返歌だということ。侍従は姫君の代わりに、姫君からの返事をしているのです。手紙の代筆ならぬ、会話の代返ですね。源氏はまだ気づいていませんが、姫君は極度に内気でコミュ障なタイプ。男性と近くで会うのは初めてで、どうしていいのかわからないのです。

この後の物語は…

ライバルである頭中将《とうのちゅうじょう》を出し抜いて常陸宮《ひたちのみや》の姫君（末摘花《すえつむはな》）と恋仲になることに成功した源氏ですが、あまりに内気で洗練されない姫君の態度に、期待外れな気持ちが否めません。

【第六帖《じょう》「末摘花《すえつむはな》」】

さらに続き

源氏は末摘花のところに連夜通う気になれず…。

第9日（35ページ）の場面に続きます。

読んだ日　月　日

夜這い《よばい》

他人でも恋人でも

キーワード解説

夜這い

よばい

夜中に男性がこっそりと女性の寝室に忍び込んでいくことです。…と言うと、「垣間見《かいまみ》」同様、現代の感覚からいけば通報案件のような感じがしますね。実際合意でなく、突然男性に寝室に忍び込まれた女性が困惑して泣くケースもあるのですが、**恋人関係でも「夜這い」をします**。平安貴族は**妻問《つまど》い婚**で、若いカップルは、男女ともに実家で親と同居が一般的ですから、「男女が二人きりで逢《あ》う」といえば、男性が夜に彼女の部屋をこそっと訪ねて、明け方帰っていくのが普通です。女性と一夜を共にしたあと日が高くなるまで女性の家にいて、その家の使用人や家族に姿を見られるのは野暮というものでした。

えー？　そんなに都合よく他人の家に忍び込めるものなの？　と思いますが、「垣間見」同様、当時はプライバシーに対する意識はゆるゆるで、他人の家でも警備のされていない家の庭先ならふらっと入ってもお咎《とが》めなし。女性の部屋の中までは難しいので、その場合は**女性の乳母《うば》やそば仕えの女房など、家の人の協力**で忍び込むことが多いようです。

第6日

たまたま立ち寄った家でも…

- 源氏17歳
- 正妻…葵の上
- 藤壺を思慕中

紀伊守《きのかみ》邸に宿泊中の源氏は、紀伊守の父の若い後妻である空蟬《うつせみ》に興味をもちます。空蟬は中将《ちゅうじょう》という女房を寝室に呼ぶも、中将は入浴中。源氏は空蟬一人の寝室に忍び込みます。

*几帳《きちょう》を障子口には立てて、灯《ひ》はほの暗きに見たまへば、*唐櫃《からびつ》だつ物どもを置きたれば、乱りがはしき《ごちゃごちゃしている》中を分け入《い》りたまへれば、ただ独りいとささやかにて《こぢんまりと。小柄な感じで》臥《ふ》したり。①なまわづらはしけれど、*上なる衣《きぬ》おしやるまで、求めつる人《（さっきまで）探していた中将》と思へり。（源氏）「中将召しつればなむ。人知れぬ思ひのしるしある心地して」とのたまふを、ともかくも思ひ分かれず《何が何だかわからない》、物におそはるる心地して、「や」とおびゆれど、顔に衣《きぬ》のさはりて音にも立てず。（源氏）「うちつけに《突然に》、深からぬ心のほどと見たまふらむ、ことわりなれど、②年ごろ思ひわたる心の中《うち》も聞こえ知らせむとてなむ。かかるをり《このように二人きりになる機会》を待ち出《い》でたるも、さらに浅くはあらじ《浅からぬご縁でしょう》と思ひなしたまへ」……。

＊几帳…間仕切りの布。　＊唐櫃…衣類などを入れておく箱状の家具。　＊上なる衣…布団のようにかぶっている衣。

大意　ほの暗く几帳や唐櫃でごちゃごちゃした中、空蟬が一人で寝ていました。空蟬はなんだか寝心地が悪いと思うも、衣をどけられるまで中将が来たと思っていました。源氏が「中将を呼んでいたので、人知れず思っていた気持ちが通じた気がして私が来ましたよ。」と言うので、空蟬は怖がりますが、衣が顔をふさいで声も出ません。源氏は「突然なので軽い気持ちとお思いでしょうが、長年思っていた気持ちをお知らせしたくて。このような機会があるのも浅からぬご縁があると思ってください。」と言います。……

上の古文を読んで、考えてみましょう

(1) ━線①「なまわづらはし」とありますが、なぜ空蟬はこのように感じたのですか。

ア　眠っていたところ、突然誰かが近くに来た気配がしたから。
イ　今日は会う約束もしていなかったのに、突然源氏が訪れたから。
ウ　中将が夜中に散らかっている部屋を片付け始めたから。

□

(2) ━線②「年ごろ思ひわたる心の中」と同じことを表現している箇所を、古文の中から六字でぬき出しましょう。

□□□□□□

第6日

解答、解説

(1) ア 眠っていたところ、突然誰かが近くに来た気配がしたから。

「なま」は「なんだか」という意味で、「わづらはし」は現代語「煩わしい」と似た意味です。あなたがうつらうつらとしているとき、誰かが近くに来たらどうですか？ 寝ぼけつつも、不快ですね。空蟬《うつせみ》も同じです。源氏が「夜這《よば》い」にやってきた場面で、初めはさっきまで呼んでいた侍女の中将《ちゅうじょう》がやっと来たのかと思っていました。誰が来たのかわかっておらず、「約束」もしていないので、**イ**は誤り。中将が来たのではないので、**ウ**も誤りです。

(2) 人知れぬ思ひ

今回は、「夜這い」の合意なしバージョンです。空蟬は思わぬ場所で思わぬ人に来られたために、混乱しています。源氏は前から気になっていた女性がたまたまいるのを知って押しかけたので、「前からずっと好きだった思いを伝えたくて」と言い訳しています。部屋に入った時にも「長年思っていた気持ちを～」と、あくまでも気ままな通りすがりの浮気心などではないと伝えようとしています。

この後の物語は…

いくら夫との関係が冷めていても、一介の地方官の妻の自分と、今を時めく貴公子光源氏が恋仲になるわけにはいかないと空蟬は考えます。

【第二帖《じょう》「帚木《ははきぎ》」】

さらに続き

一方源氏はなんとか彼女との関係を続けようと、空蟬の弟である小君《こぎみ》という少年を自分に仕えさせます。小君は素直に、姉のもとにせっせと源氏の手紙を持っていくのでした。

第7日 寝室に入ってきたのは誰？

源氏の友人の息子柏木《かしわぎ》は、女三《おんなさん》の宮《みや》との結婚を望んでいましたが、女三の宮は親の意向で源氏の妻となりました。年の差婚です。彼女への思いを断ち切れない柏木は、女三の宮の側《そば》仕えの侍従《じじゅう》という女房に、なんとか接近できるように計らってほしいと頼みこみます。

- 源氏47歳
- 正妻…女三の宮
- 他の妻…紫の上など

ただ、この侍従ばかり近くはさぶらふなりけり。よきをりと思ひて、やをら《こっそり》御帳の東面の御座《おまし》の端に据ゑつ《（柏木を）座らせた》。さまでもあるべきことなりやは《そこまでするべきこと》。

宮《女三の宮》は、何心もなく大殿籠《おおとのごも》りにける《お休みになっていた》を、近く男のけはひのすれば、院《源氏》のおはすると思《おぼ》したるに、うちかしこまりたる気色《けしき》《かしこまった態度》見せて、床の下に抱《いだ》きおろしたてまつるに、物《もの》に《物の怪・化け物》おそはるるかとせめて見開《みあ》けたまへれば、あらぬ人なりけり。あやしく聞きも知らぬことどもをぞ聞こゆるや。あさましく《驚き呆然として》むくつけくなりて、人召せど、近くもさぶらはねば、聞きつけて参るもなし。わななきたまふさま、水のやうに汗も流れて、もののおぼえたまはぬ気色、いとあはれにらうたげなり《かわいらしい》。

大意 侍従だけが女三の宮の近くにいるので、チャンスだと思って、侍従は柏木を寝ている女三の宮の近くに来させました。女三の宮は寝ているときに男性の気配がするので、源氏が来たのだと思っていました。が、態度が違うので、化け物に襲われたのかと思って見ると、知らない人で、心当たりのないことを言っています。驚き呆然として気味が悪くなり、人を呼びましたが、近くに誰もおらず誰も来ません。震えて滝のように汗が流れて呆然としている女三の宮の様子は、可憐《かれん》でかわいらしい感じなのでした。

上の古文を読んで、考えてみましょう

(1) 筆者がこの「夜這い」の状況についての感想を述べた一文を古文の中から探し、その最初の五字をぬき出しましょう。

□□□□□

(2) ━線「あさましくむくつけくなりて」とありますが、女三の宮はなぜこのように感じたのでしょうか。

ア 寝入っていたところを突然物の怪に襲われたから。

イ 約束もしていないのに源氏がいきなり来たから。

ウ 源氏が来たと思っていたのに、違う人だとわかったから。

□

第7日

解答、解説

(1) さまでもあ

物語は基本的に事態の進行や登場人物の気持ちを描写するものです。しかし、疑問・反語を表す「やは」が文末にあるこの一文「さまでもあるべきことなりやは。」は、後に二人に訪れる不幸を知っている作者（紫式部《むらさきしきぶ》）が、一言もの申したいと思って書いたものです。あってはならない関係の「夜這い」のお膳立てをした侍従《じじゅう》について、「そこまでしなくてもよいのでは？」と言っているのです。

(2) ウ 源氏が来たと思っていたのに、違う人だとわかったから。

女三《おんなさん》の宮《みや》は寝ているときに、「男のけはひ」を感じて、「院のおはする（＝源氏がいらっしゃった）」と思いましたが、態度や言っていることから、源氏ではないと気がつきました。初めは物《もの》の怪《け》かと思いましたが、よく見ると別の人だとわかって、驚き、気持ち悪いと思っています。人を呼んでも誰も来ないし、驚きと恐怖で滝汗状態に。今回も「合意なし」バージョンの夜這いなので、そりゃそうですよね。

この後の物語は…

あってはならない関係になってしまった柏木《かしわぎ》と女三の宮。源氏にばれないよう、何とか隠し通したい…。しかし、女三の宮は妊娠してしまいます。

【第三十五帖《じょう》「若菜《わかな》　下」】

さらに続き

女三の宮の妊娠に不審を抱いていた源氏は、柏木から女三の宮あての懸想文を見つけます。真相を知った源氏は、柏木に強烈な嫌味を言い、柏木は苦悩して病んでしまいます。

読んだ日　月　日

後朝の歌《きぬぎぬのうた》

スピード第一

キーワード解説

後朝の歌《きぬぎぬのうた》

あなたが恋人と一夜を過ごした後、相手から何日も連絡がなかったら、「楽しくなかったのかな…」「本気じゃないのかも…」と不安になりませんか? この気持ちは、千年前でも同じです。

女性と一夜を共にした男性は、彼女を不安な気持ちにさせないためにも、帰ったら**なるべく早く懸想文を送るのが誠**意というものです。共に過ごした後の朝に送る懸想文(歌)なので、「後朝の文・後朝の歌」といいます。普通の懸想文と同じように愛情のこもった上手な歌を送りたいし、いい匂いのするすてきな紙に書きたいし、できたら花を添えたりも…とあれこれ工夫したいところではありますが、後朝の文に限っては**届く時間が遅いと愛情のほどが疑われてしま**うので要注意!

もちろんもらった**女性の方も、なるべく速やかに返歌を書**くことが大切です。文を持ってきた男性からの使者をちょっと待たせて、その場でささっと返事を書いて持ち帰ってもらいます。恋人が帰ったからといって、気を抜いてのんびり朝寝坊、というわけにはいきませんよ。

第8日

後朝《きぬぎぬ》の文の返事はまだ？

亡き源氏の子・薫《かおる》が思いを寄せる宇治《うじ》の大君《おおいきみ》は、薫と妹の中《なか》の君《きみ》を結婚させたいと思っています。これを回避したい薫は、匂宮《におうのみや》（宮）を宇治へ案内します。匂宮は中の君と一夜を共にし、帰っていきました。

●薫（源氏の子？）24歳
●匂宮（源氏の孫）25歳

宮は、いつしかと御文《ふみ》奉りたまふ。*山里には、誰も誰も現《うつつ》の心地したまはず思ひ乱れたまへり。さまざまに思《おぼ》しかまへけるを色にも出《い》だしたまはざりけるよと、疎ましくつらく姉宮をば思ひきこえたまひて、目も見あはせたてまつりたまはず。知らざりしさまをも、さはさはとはえ明《あき》らめたまはで、ことわりに心苦しく思ひきこえたまふ。人々も、「いかにはべりしことにか」など、御気色《けしき》見たてまつれど、思しほれたるやうにて頼もし人のおはすれば、あやしきわざかなと思ひあへり。御文もひきときて見せたてまつりたまへど、さらに起き上がりたまはねば、「いと久しくなりぬ」と御使《つかひ》わびけり。

いつしかと：早く、さっそく
思しかまへける：計画していたこと（※中の君は姉大君が匂宮を手引きしたと疑っている）
さはさはとは：はっきりとは
人々：宇治の姉妹に仕える邸《やしき》の人々
頼もし人：しっかり者（＝姉の大君）
思しほれたる：気落ちしている様子
わびけり：困る

＊山里…大君、中の君姉妹の住んでいる宇治（現在の京都府宇治市）。

大意　匂宮はさっそく後朝の文を差し上げましたが、宇治の姉妹は呆然《ぼうぜん》と思い悩んでいます。中の君は、姉が自分に内緒でこのように計画したのだと姉をうとましく思い、目も合わせません。大君は自分は知らなかったのだともはっきりとは言い出せず、妹を気の毒に思っています。人々は何があったのかと姉妹の様子を見たところ、しっかり者の大君が気落ちしている様子なので、不審に思います。後朝の文を中の君に見せても、起き上がろうともしないので、文を持ってきた使いは困り果てています。

上の古文を読んで、考えてみましょう

(1) ━線「いと久しくなりぬ」とありますが、これとは対照的な内容が書かれている言葉を古文の中から五字でぬき出しましょう。

□□□□□

(2) ━線「いと久しくなりぬ」のように匂宮の使いが困っているのはなぜでしょうか。

ア　後朝の文の返事を待っているのになかなかもらえないから。
イ　家の人々の様子がおかしくて後朝の文を渡せないから。
ウ　中の君に後朝の文を渡したのにお礼を言われないから。　□

第8日

解答、解説

(1) いつしかと

後朝《きぬぎぬ》の文は、男性は帰ったらすぐに送り、受け取った女性もすぐに返事を書いて、文を持ってきた使いに渡すのがマナーです。でも中《なか》の君《きみ》は、姉から後朝の文を見せられても、起き上がろうともしません。返事をもらえなくて、「ずっと待ってるのに！」と使いが愚痴っているのが━━線のセリフです。一方匂宮《におうのみや》の方は、「いつしかと」(＝さっそく。つまり、なる早で)後朝の文を書いて誠意を示しています。

(2) ア 後朝の文の返事を待っているのになかなかもらえないから。

使いの役目は、手紙を渡したらそれで終わり、ではありません。手紙を届けた先で、相手が文を読んで返事を書いてくれるのを待ち、それを持ってご主人のもとに届けてやっとミッション完了！　そして懸想文、特に後朝の文はスピーディーなやりとりが誠意ですから、さっさと返事を持ち帰れないというのは、使いも(自分のせいではないとはいえ)立場がなくて困ってしまいますね。

この後の物語は…

大君《おおいきみ》は、伏して起き上がろうとしない中の君に、無理やり返事を書かせます。

【第四十七帖《じょう》「総角《あげまき》」】

さらに続き

妹が匂宮に捨てられはしないかという不安はありますが、大君は精一杯とりなします。結果、中の君は匂宮のことを受け入れる気持ちになりました。

第19日（63ページ）の場面に続きます。

第9日

なかなか来ない後朝《きぬぎぬ》の文

- 源氏18歳
- 正妻…葵の上
- 恋人…六条御息所

源氏は末摘花《すえつむはな》と初めて一夜を共にしますが、恥じらってばかりで無反応、情緒も何も感じられない彼女にがっかりします。通い始めは三日連続訪ねるのが結婚のマナーなのですが、正直まったく気乗りがせず、そのまま宮仕えに出て仕事に取りまぎれて過ごしています。

(源氏は)かしこには文をだにといとほしく思《おぼ》し出《い》でて、①夕つ方ぞありける。雨降り出でて、ところせくもあるに、笠宿《かさやどり》せむとはた思されずやありけむ。かしこには、待つほど過ぎて、命婦《みょうぶ》も、いといとほしき御さまかなと、②心憂く思ひけり。正身《しょうじみ》は、御心の中《うち》に恥づかしう思ひたまひて、今朝の御文の暮れぬれど、なかなか咎《とが》とも思ひわきたまはざりけり。

(源氏)「夕霧のはるる気色《けしき》もまだ見ぬにいぶせさそふる宵の雨かな

雲間待ち出でむほど、いかに心もとなう」とあり。おはしますまじき御気色を人々胸つぶれて思へど、……。

かしこ：あちら。末摘花のこと
いとほしく：かわいそうに
ところせく：億劫《おっくう》な気持ちがある
命婦：ここでは、末摘花の側《そば》仕えの女房のこと
正身：本人（＝末摘花）
いぶせ：心が晴れない感じ
心もとなう：もどかしい

大意　源氏は、末摘花にせめて後朝の文だけでも送るかとかわいそうに思い始めて、夕方に送りました。本来なら今晩も訪れるべきですが、天気も悪くて億劫な気持ちです。末摘花の邸《やしき》の人々は、待ってもこない後朝の文に、姫君が気の毒でなりませんが、末摘花ご本人は昨夜の出来事が恥ずかしくて、文が来ないことにまで気が回らないようです。やっと届いた文は、今晩はあまり来る気がないことを感じさせる、あまりにも末摘花に気の毒なもので……。

上の古文を読んで、考えてみましょう

(1) ——線①「夕つ方ぞありける」とありますが、本来はいつ来るべきだったのですか。古文の中から二字でぬき出しましょう。

□□

(2) ——線②「心憂く思ひけり」とありますが、これと同じような気持ちを表現した箇所を、古文の中から八字でぬき出しましょう。

□□□□□□□□

第9日

解答、解説

(1) 今朝

「後朝《きぬぎぬ》の文」の字の通り、本来は、一夜を共にした翌朝に送るものなのです。それなのに、源氏は末摘花《すえつむはな》ってあんまり魅力がなかったな、とがっかりし、仕事も忙しいしな…と、夕方にやっと送っている始末。若いころのエピソードとはいえ、これはひどいですね。末摘花に仕える人々は姫君が気の毒で嘆いています。しかも夕方にやっと届いた後朝の文の内容も、皆をがっかりさせるものなのでした。

(2) 胸つぶれて思へど

現代でも、気の毒だったり悲しかったりする場面で「胸がつぶれる」「胸が痛む」などと言いますね。朝に来るはずの後朝の文が待ってもなかなか来ないので、命婦《みょうぶ》は姫君が気の毒で「心憂く」思っていました。そして、届いた文の内容も、熱烈な愛情表現の綴《つづ》られたものではなく、今夜来る気も感じられないものでした。姫君がかわいそうで、周囲の人々は胸がつぶれるような思いをするのです。

この後の物語は…

足が遠のくばかりの源氏に、末摘花の家の人々は嘆きます。あるとき源氏は、久しぶりに末摘花の邸《やしき》を訪れます。

【第六帖《じょう》「末摘花《すえつむはな》」】

さらに続き

翌朝源氏は、夜中の逢引《あいび》きでは見られない末摘花の姿を、はっきり見ます。姫君の素顔、そして邸のあまりに貧しい様子に源氏は戸惑いますが、このかわいそうな姫君を支えていこうと決意します。

読んだ日　月　日

女性観《じょせいかん》

まず"家柄"

≫何を重視?

サラツヤな黒髪♥
ふっくらと白い肌
和歌がうまい
楽器がうまい♥
これが平安貴族《ぼくたち》の理想の女性だ!
頭中将
源氏

キーワード
解説

女性観《じょせいかん》

絵巻物に出てくる平安美人と言えば、「**引き目かぎ鼻**」、**髪は超ロングのストレート**。髪は身長に近い長さが欲しいところです。といっても、男性が高貴な女性の顔を見る機会はなかなかないので、見た目だけで恋に落ちることはありません。男性が懸想文で女性の心をつかめるかどうか決まったように、女性の方も**和歌や文字、管弦などの教養、文の紙やお香などのセンスの良さ**が重視されました。**「もののあはれ」**がわかっている、というのがモテ要素としては大事です。

お付き合い、ましてや結婚となると、人柄がよいことが大切なのは、昔も今も同じです。当時は気が強いよりは、おっとりとして主張が強くない、おしとやかな女性が好まれたようです。一方、今と大きく異なることとして、残念ながら当時はバリバリの身分社会、**家柄**も女性の魅力の一つでした。男性にとっては結婚相手の父の役職、お家柄は自分の出世に直結しました。高貴な家で大切に育てられた「深窓の令嬢」となると、それだけでモテたのです。

第10日 すてきな歌を口ずさむ彼女

宮中での桜の宴《えん》で、源氏は頭中将《とうのちゅうじょう》らと詩や舞を披露して大活躍。源氏は、愛《いと》しの藤壺《ふじつぼ》に逢《あ》えないかと彼女の部屋の近くをうろつきます。扉を入って覗《のぞ》いてみると、誰かが来ました。

- 源氏20歳
- 正妻…葵の上
- 恋人…六条御息所

いと若うをかしげなる声の、なべての人（普通の身分の人）とは聞こえぬ、（女）「*朧月夜《おぼろづきよ》に似るものぞなき」とうち誦《ず》じて、こなたざまには来るものか（来るではないか）。いとうれしくて、ふと袖をとらへたまふ。女、恐ろしと思へる気色《けしき》にて、（女）「あなむくつけ（まあ、嫌だ）。こは誰《た》そ」とのたまへど、

（源氏）「何かうとましき」とて、

（源氏）深き夜のあはれを知るも入《い》る□のおぼろけならぬ（ぼんやりとしているわけではない）契りとぞ思ふ

とて、やをら抱《いだ》き降ろして、戸は押し立てつ。あさましきにあきれたるさま、いとなつかしうをかしげなり。わななくわななく、（女）「ここに、人」とのたまへど、（源氏）「まろは、皆人《みなひと》にゆるされたれば、召し寄せたりとも、なんでふことかあらん（何の問題もないでしょう）。……」……。

＊朧月夜に…「照りもせず曇りも果てぬ春の夜の朧月夜にしくものぞなき（＝晴れもせず曇りもしない春の夜の朧月夜に比べられるものはない）」という、平安時代前期の有名な歌人大江千里《おおえのちさと》の和歌の下の句。

大意 若々しくきれいな、そして高貴な感じの声の女性が「朧月夜に比べられるものはない。」と口ずさんでこちらに来るではないですか。源氏は嬉《うれ》しくなってその人の袖をつかみました。女性は「まあ、嫌だ。誰ですか。」と言いますが、源氏は「あなたが春の月の趣をわかるのは、私と逢うためのぼんやりしていない前世からの因縁ですよ。」などと言って、抱き降ろして戸を閉めてしまいました。女性はふるえながら「ここに人が。」と言いますが、源氏は「私は何をしても皆に許されるのですよ。……」と言いました。

上の古文を読んで、考えてみましょう

(1) 和歌の中の□に入る漢字一字を、古文の中からぬき出しましょう。　□

(2) この女性は、どのような人物として描かれていますか。

ア 教養やセンスがありそうな、高貴な家の娘。

イ 自分に自信がありそうな、並々ならぬ美人。

ウ 源氏の幼なじみで、久しぶりに会った女性。

□

第10日

解答、解説

(1) 月

ちょっと難しかったでしょうか？　これは女性の口ずさんだ「朧月夜《おぼろづきよ》に…」という歌をふまえて源氏が詠んだ恋の歌です。「朧月夜に…」は恋の歌ではなく春の夜の朧月夜の風情を詠んだものですが、男女のやりとりでは、このように相手の発言や歌を受けて、その表現をうまく使った歌を即興で詠めるのが、教養、センスがあって気の利いている「すてきな人」だったのです。

(2) ア 教養やセンスがありそうな、高貴な家の娘。

今日は桜の宴《えん》の夜。花を見て、源氏をはじめ今を時めく貴公子たちの舞を鑑賞して、ああすてきな夜だったなぁ…という気分で、つい口に出たのが有名な「朧月夜に…」の歌でした。と、説明しただけで、彼女が教養ある良家の子女であることがうかがわれますね。彼女、実はすごい美人なのですが、ここでははっきり容姿は見ることができていないようで、見た目については言及されていません。

この後の物語は…

名前も知らずに別れた朧月夜の彼女は、実は源氏の母をいじめ抜いた因縁の人、弘徽殿大后《こきでんのおおきさき》（元・弘徽殿女御《こきでんのにょうご》）の年若い妹だったのです。

【第八帖《じょう》「花宴《はなのえん》」】

さらに続き

朧月夜は源氏の兄・朱雀帝《すざくてい》（母は弘徽殿大后）に入内《じゅだい》予定でした。源氏との関係は、ちょっとしたスキャンダル。弘徽殿大后はますます源氏への憎しみを募らせます。

第11日 理想の妻はこんな人！

●源氏17歳
●正妻…葵の上

雨の夜、源氏の部屋に若い男性四人が集まって、理想の女性について話し合っています（「雨夜の品定め」）。以下は、参加者の一人、左馬頭《さまのかみ》の理想の妻についての熱弁の一部です。

*君達《きんだち》の上《かみ》（最上の）なき御選びには、まして、いかばかりの人かはたぐひたまはむ。容貌《かたち》きたなげなく（こぎれいで）若やかなるほどの、おのがじし（女性自身は）塵《ちり》もつかじと身をもてなし、文《ふみ》を書けど、おほどかに（おっとりと）言選《ことえ》りをし、墨*つきのほのかに心もとなく思はせつつ、またさやかにも見てしがなとすべなく待たせ、わづかなる声聞くばかり言ひ寄れど、息の下にひき入れ《い》□少《ずく》なるが、いとよくもて隠す（（欠点を）隠す）なりけり。なよびかに女し（女らしい）と見ればあまり情《なさけ》（情趣、風流）にひきこめられて、とりなせばあだめく（調子を合わせてやると浮つく）。これをはじめの難《なん》とすべし。事が中に、なのめなるまじき人（いい加減であってはいけない人。ここでは夫のこと）の後見《うしろみ》の方は、もののあはれ知りすぐし、はかなきついでの情あり、をかしきにすすめる方なくてもよかるべしと見えたるに、……。

*君達…ここでは、源氏と頭中将《とうのちゅうじょう》のような身分の高い若者のこと。　*墨つき…筆で書いた文字の墨の付き具合。

大意 高貴な若殿の最上の方選びには、どんな方がふさわしいでしょう。見た目はこぎれいで行儀もよく、文もおっとり言葉を選んで、相手に気をもませるような書きぶりで、はっきりした返事が欲しいと待ち遠しい思いをさせつつ、話ができる近くに行っても小さな声で少ししか話さないのが、粗を隠すのです。女性らしいなと見ていると、あまりに情趣ばかりになって色めいてくるのは難ですね。何より大事な夫の世話については、あまりに情趣を重んじすぎるのは、そこまでしなくてもいいと思います……。

上の古文を読んで、考えてみましょう

(1) □に入る漢字一字を、古文の中からぬき出しましょう。

□

(2) 左馬頭の理想の妻像とは、どのようなものでしたか。次のそれぞれの記号に、合っているものは○、合っていないものは×をつけましょう。

ア 見た目がこぎれいで、振る舞い方にも気をつかっている。　□

イ 手紙の言葉はきちんと選んでいて、口数は少な目である。　□

ウ 風流好みで、生活のあらゆる場面で風情を重んじる。　□

第11日

解答、解説

(1) 言

声を聞きたいけれどはきはきとは喋《しゃべ》らなくて、というのだから、「言葉も少な目」と続きます。日本三大古典随筆の作者・清少納言《せいしょうなごん》のような才気煥発《かんぱつ》な女性は、宮中で貴人のおそばで働く女房としては重宝されたようですが、恋人や妻としてはおっとりと言葉数が少ない方が好まれたようです。左馬頭《さまのかみ》も「もうちょっと何か言ってほしいな」と思わせるくらい控えめな感じがグッとくると考えています。

(2) ア○　イ○　ウ×

見た目は「きたなげなく」という程度なので、超美人は求めておらず、むしろ身の振る舞いに気をつけてほしいようです。文《ふみ》はやはり重視していますね。文字の書きぶりや言葉の選び方は、人柄を感じさせるものです。情趣のある事柄に関心を寄せていて、和歌が上手なのは女性の魅力の一つではありますが、交際期間中はともかく、結婚後はほどほどに、ということのようです。

この後の物語は…

左馬頭の今まで付き合った女性や、頭中将《とうのちゅうじょう》が以前付き合っていた中流の身分の女性のエピソードなどが披露され、恋バナが盛り上がります。

【第二帖《じょう》「帚木《ははきぎ》」】

さらに続き

源氏はその後宮中から退出しますが、紀伊守《きのかみ》の邸《やしき》に立ち寄ります。そこには紀伊守の父の若い後妻・空蟬《うつせみ》も滞在していて…。

第26日（89ページ）の場面に続きます。

第12日 身近な女性たちについて語ろう

源氏が、いとこである朝顔《あさがお》の姫君《ひめぎみ》（前斎院）と噂《うわさ》になって、自分との時間が少なくなっているため、源氏の妻・紫《むらさき》の上《うえ》は気が気ではありません。そんなある日、源氏は身近な女性たちについての評を紫の上に語ります。次は、明石《あかし》の君《きみ》と花散里《はなちるさと》についての評です。

- 源氏32歳
- 正妻格…紫の上
- 妻…明石の君、花散里

（源氏）「この数にもあらず（人数にも数えないほど）おとしめたまふ山里の人（明石の君のこと。田舎出身なのでこう言う）こそは、身のほどにはややうち過ぎものの心など得つべけれど、人よりことなる（（身分が）他の人とは違う）べきものなれば、思ひあがれる（気高い）さまをも見消《け》ちてはべるかな。いふかひなき際《きわ》（身分）の人はまだ見ず。人は、すぐれたるは難《かた》き世なりや。東の院（花散里のこと）にながむる人の心ばへこそ、古《ふ》りがたく（昔と変わらず）らうたけれ。さはたさらに（そのようにはなかなか）えあらぬ（できない）ものを。さる方につけての心ばせ人にとりつつ見そめしより、同じやうに世をつつましげに思ひて過ぎぬるよ。今はた（今はやはり）、かたみに背くべくもあらず、深うあはれと思ひはべる」など、昔今の御物語に夜更けゆく。

大意　「軽んじていらっしゃる明石の君は、身分のわりにできた人だけれど、他の人と違う低い身分なので、気高い様子を見てもなんとも思わないな。話にならないほどの身分の人はまだ知らない。素晴らしい人はなかなかいないね。花散里の人柄は昔と変わらず愛《いと》しいのだ。なかなかああはできないよ。そういう意味で気立てのよい人と思って付き合い始めてからずっと同じように控え目に過ごしているので、今はやはり、互いに別れられないほどの気持ちなのだよ。」などと話して月夜は更けていくのでした。

上の古文を読んで、考えてみましょう

(1) 源氏は二人の女性のどのような点を評価していますか。二人に共通する要素を、漢字一字で古文からぬき出しましょう。

□

(2) 「山里の人」について、源氏はどう思っていますか。

ア　田舎出身のくせに、身の程知らずで高慢である。

イ　昔から変わることなく控え目な人柄が好ましい。

ウ　身分のわりには物事を心得ていて、気品がある。

□

第12日

解答、解説

(1) 心

明石《あかし》の君《きみ》については「ものの心」、花散里《はなちるさと》については「心ばへ（＝心ばせ）」をとりあげて述べています。この二人は当時の女性として理想的な、控え目な人柄でした。特に源氏は花散里には長男夕霧《ゆうぎり》の養育を一任するほどの信頼を寄せています。花散里は身分も高く、葵《あおい》の上《うえ》亡き後は紫《むらさき》の上《うえ》につぐ源氏の妻ナンバー2の位置づけといえますが、それもこの人柄によるところが大きいようです。

(2) ウ 身分のわりには物事を心得ていて、気品がある。

明石の君の「身のほど（＝身分）」についてはマイナス面としてとりあげています。明石の君は見た目、教養、人柄や気高さもすばらしい人とされながら、徹頭徹尾田舎育ちという一点においてケチをつけられています。この身分が理由で、娘も紫の上に引き取られることになり、何とも気の毒ですね。当時の貴族社会においては身分、育ちはそれほど重視されたのです。

この後の物語は…

その後源氏は朝顔《あさがお》の姫君《ひめぎみ》と歌の贈答などしますが、残念ながら進展はありません。天下の色男源氏ですが、どうやらこの恋は脈なしのようです。

【第二十帖《じょう》「朝顔《あさがお》」】

さらに続き

そうこうしているうちに、源氏の息子夕霧も十二歳。そろそろ元服《げんぷく》です。源氏には考えがあり、夕霧の官位は低めの六位とします。これには夕霧も、祖母の大宮《おおみや》もがっかりです。

読んだ日　月　日

元服《げんぷく》・初冠《ういこうぶり》

ああ… 息子も
しんみり…
とうとう成人か…
桐壺帝
パパ〜
こんなにカワイイのに〜!!
まだ、髪なんて切りたくないよ〜!

大人の姿

キーワード解説

元服《げんぷく》・初冠《ういこうぶり》

二〇二二年、成年年齢が二十歳から十八歳に引き下げられましたが、全員一律何歳で成人というのは近代からで、それまでは個人の成長や家庭の事情で個別に成人年齢を決めました。

現在の成人式は当日晴れ着を着るだけですが、当時は、この日を境に子供の姿から大人の姿に見た目をすっかり変えるという大きな節目でした。男子の成人は「元服」といい、着物が大人のものになるだけでなく、髪型を変える儀式をしました。

男の子は元服までは髪を伸ばして、両耳の上でツインテールにし、余った部分を輪にしてまとめる「角髪《みずら》」というヘアスタイルです。大人の男性は、人前では被《かぶ》り物（上位貴族なら冠）をかぶり、髪の毛はまとめてその中に入れ込んで、人には見せないのがマナーです。そのため、元服の儀では伸ばしていた髪を整えて冠をつける儀式をします。これを「初冠」と言います。

初冠の儀式が終わると、さて、これからは一人前の男として社会人デビュー！　といったところ。儀式の後は、盛大な祝宴を催すのです。

第13日　少年から大人のスタイルに

●源氏12歳
●この後すぐ葵の上と結婚予定

桐壺帝《きりつぼてい》（上《うえ》・帝《みかど》）の第二皇子は、世間で光る君と称されるようになりました。桐壺帝は、その美童姿が見られなくなるのを惜しむ気持ちがありますが、十二歳で元服の儀を行います。

＊引入れ《ひきいれ》の大臣《おとど》の御座《おまし》御前にあり。申《さる》の刻《とき》にて源氏参りたまふ。角髪《みづら》結ひたまへるつらつき、顔のにほひ、さま変へたまはむこと惜しげなり。＊大蔵卿くら人仕うまつる。いときよらなる御髪《みぐし》をそぐほど心苦しげなるを、上《うえ》は、御息所《みやすどころ》の見ましかばと思《おぼ》し出《い》づるに、たへがたきを心づよく念じかへさせたまふ。

かうぶりしたまひて、御休所《やすみどころ》にまかでたまひて、御衣《みぞ》奉りかへて、下りて拝したてまつりたまふさまに、**皆人涙落としたまふ。**帝《みかど》、はた、ましてえ忍びあへたまはず、思しまぎるるをりもありつる昔のこと、とりかへし悲しく思さる。いとかうきびはなるほどは、あげ劣りやと疑はしく思されつるを、あさましううつくしげさ添ひたまへり。

申の刻…午後四時ごろ
にほひ…美しさ
大蔵卿くら人…髪をそいで整える役
御息所…天皇の妻。ここでは、源氏の亡き母のこと
え忍びあへたまはず…こらえきれない
きびはなる…幼い年ごろ
あげ劣りや…髪を上げた方が見劣りするのでは

＊引入れ…束ねた髪を冠に引き入れ、冠をかぶせる役。
＊大蔵卿…大蔵省の長官。

大意　元服当日午後四時ごろ帝の前に現れた源氏は、角髪姿の顔つきも美しく、姿を変えるのがもったいないくらいです。理髪役の大蔵卿も髪を切るのが心苦しいほど。父帝は、この子の亡き母にも見せてやりたかったと、御息所を思い出し涙がこらえられません。冠をかぶり大人の着物に着替えた源氏の姿に、周囲の人々は感動の涙を落としています。童姿の愛らしさが失われるかと思いきや、童姿より可愛《かわい》らしさが増したのでした。

上の古文を読んで、考えてみましょう

(1) 源氏が元服の儀を終えたことがわかる一文を古文の中から探し、その最初の五字をぬき出しましょう。

□□□□□

(2) ━線「皆人涙落としたまふ」とありますが、なぜみんな泣いているのですか。

ア　童姿でなくなって可愛さが失われたのが残念だから。
イ　元服姿を母親に見せてもらえない源氏がかわいそうだから。
ウ　元服した源氏がより美しく立派なのに感激したから。

□

第13日

解答、解説

(1) かうぶりし

元服の儀では、髪を切って冠をかぶり（＝初冠《ういこうぶり》）、衣類も大人のものに着替えます。「かうぶりし」「御衣《みぞ》奉りかへ」て、大人スタイルへのチェンジ完了です。なお、この後源氏は左大臣の邸《やしき》に迎えられ、左大臣の娘の葵《あおい》の上《うえ》と、すぐに結婚です。当時は本人の心身の成長もさることながら、縁談や、社会人デビューさせたいという親の意向がきっかけで成人のタイミングを決めることも多かったのです。

(2) ウ 元服した源氏がより美しく立派なのに感激したから。

元服の儀にあたり、父である桐壺帝《きりつぼてい》も髪そぎをする大蔵卿も、源氏の美しい童姿を惜しんでいます。特に桐壺帝は亡き源氏の母を思い出して悲しみも感じています。が、周囲の人々は、童姿よりもいっそう可愛《かわい》らしさが増したように見える源氏の元服後の姿にびっくりしています。まだ十二歳なので童姿の方が似合うと思っていたのに、冠をかぶった姿も立派とは、さすが光り輝く美男子！

この後の物語は…

母代わりと慕っていた初恋の人、藤壺《ふじつぼ》（桐壺帝の寵姫《ちょうき》）への思いを秘めつつ、源氏は四つ年上の葵の上と結婚します。

【第一帖《じょう》「桐壺《きりつぼ》」】

さらに続き

源氏はまだ十二歳で、葵の上も十代の少女ですから、なかなか打ち解けられません。夫婦仲がしっくりいかないので、余計に心は他に移ります…。

第18日（61ページ）の場面に続きます。

第14日

大人の着物に着替えて社会人に

● 源氏33歳
● 正妻格…紫の上
● 妻…花散里、明石の君

源氏の長男夕霧《ゆうぎり》も十二歳となり、そろそろ元服です。母は太政大臣家の姫、父は帝《みかど》の子である夕霧の元服とあって、盛大な儀式の準備が進む一方、源氏には思うところがあり…。

＊大殿腹《おおとのばら》の若君の御元服のこと思《おぼ》しいそぐを、＊二条院にてと思せど、大宮《おおみや》のいとゆかしげに思したるもことわりに心苦しければ、なほやがてかの殿にてせさせたてまつりたまふ。右大将をはじめきこえて、御伯父の殿ばら、みな上達部《かんだちめ》のやむごとなき御おぼえことにてのみものしたまへば、主人方《あるじかた》にも、我も我もとさるべきことどもはとりどりに仕うまつりたまふ。おほかた世揺すりて、ところせき御いそぎの勢ひなり。

四位になしてんと思し、世人もさぞあらんと思へるを、まだいときびはなるほどを、わが心にまかせたる世にて、しかゆくりなからんもなかなか目馴《めな》れたることなりと思しとどめつ。＊浅葱《あさぎ》にて殿上に還《かえ》りたまふを、大宮は飽かずあさましきことと……。

大殿腹…夕霧のこと
大宮…夕霧の祖母
ゆかしげに…見たそうに
かの殿…夕霧の祖母の邸
上達部…三位以上の高級官僚で帝の信望も厚い人々
主人方…祝いの主催である母方の親族
さるべきこと…必要な準備
ところせき御いそぎの勢ひ…仰々しいご準備の勢い
四位…四番目の位
きびは…幼い年ごろ
殿上…殿上人が控えている部屋

＊大殿腹…大臣の娘の子供。　＊二条院…源氏の邸《やしき》。　＊浅葱…六位の着物の色。六位は蔵人を除き昇殿を許されない。

大意 亡き葵《あおい》の上《うえ》の子・夕霧の元服の準備を、源氏邸ではなく夕霧の育った母方の祖母の邸で行うことになりました。母方の家では高級官僚の伯父たちが皆あれこれと準備をするとあって、世間を騒がせるような盛大な勢いです。四位の地位を与えるのが順当かと世間でも思われていましたが、源氏は、幼い身でいきなり出世コースにのせるのが親の七光で当然のようなこともどうかなと考え直します。夕霧の大人用の着物は、それより二段階下の、六位の地位を表す浅葱色。その着物で部屋に戻るのを、大宮はとんでもないことと……。

上の古文を読んで、考えてみましょう

(1) 夕霧が元服の儀を終えたことがわかる箇所を古文の中から十二字で探し、その最初の四字をぬき出しましょう。

□□□□

(2) ―線「四位になしてん」とありますが、この当初の源氏の考えについての評価はどのようなものでしたか。

ア 幼い年齢にふさわしくないと世間から非難された。
イ 家柄からして相応であろうと世間も認めていた。
ウ 何でも思い通りになるので羨ましいとねたまれた。

□

解答、解説

(1) 浅葱《あさぎ》にて

元服の儀では髪型と着物を大人のものに変えますが、夕《ゆう》霧《ぎり》の元服の儀については具体的な場面が描かれず、いかに盛大に準備が行われたかが描写の中心です。エリートの親族がこぞって準備するのだから、夕霧の社会人デビューはいきなり四位の地位でも当然だろうと思われました。しかし、実際に元服の儀で着替えた大人用の着物は、六位の身分を表す浅葱色のものだったのです。

(2) イ 家柄からして相応であろうと世間も認めていた。

四位は、今でいえば新任の国家公務員がいきなり課長になるような話なので世間から批判されそうなものですが、当時は身分制度社会。当時の二大権力家の血を引く夕霧なら、親の七光でそれくらい当然というのが世間の評でした。しかし、幼い年齢でいきなり上位の職につき、世間知らずなのも本人のためによくないというのが源氏の考えでした。源氏パパ、なかなか先進的ですね。

この後の物語は…

元服して六位で宮仕えをスタートした夕霧には、共に祖母の家で育った幼なじみで、母方のいとこの雲居雁《くもいのかり》という初恋の相手がいました。

【第二十一帖《じょう》「少女《おとめ》」】

さらに続き

ある日二人が思い合っていることが発覚し、雲居雁の父は大反対！ 雲居雁は父の自邸に引き取られ、二人は離れ離れに……。夕霧は、源氏の教育方針で学問に邁進《まいしん》します。

読んだ日　月　日

裳着《もぎ》

子どもの姿から…
髪上げ
明石の姫君
私の産んだ娘が成人なのね…！
産みの親 明石の君
裳《も》をつける
とっても立派になったわ…！
育ての親 紫の上
秋好中宮

≫いよいよ十《じゅう》二《に》単《ひとえ》

キーワード解説

裳着《もぎ》

男子の元服にあたるのが、女子の成人の儀「裳着」です。男子と同様、子供の髪型、着物を大人のものに改めます。

裳着は一般に十三～十四歳、今でいうと中学一～二年生くらいで行われました。平安時代の大人の女性は、超ロングヘアーを垂らしている髪型ですが、裳着の式では、子供時代から伸ばしてきた髪を頭の上で結います。これを「髪上げ」といいます。着物は、いよいよフォーマル装束の十二単《じゅうにひとえ》！　大人の女性は正装では「裳」という装束をつけますが、これを初めてつけてもらうので、「裳着」というのです。「裳」は着物の上に、腰から下の背中側だけにつける装束です。背面だけの超ロングのオーバースカートといえばイメージできるでしょうか。なお、元服では冠、裳着では裳を誰につけてもらうのかの人選が重視されました。今なら結婚式の仲人といったところでしょうか。女子の場合は、腰の紐を結ぶこの役回りを「腰結役《こしゆいやく》」といいます。本人や親族に縁のある人の中で、社会的立場のある人につけてもらって、これから見守ってもらうという後見人のような関係になります。

第15日　源氏の娘、成人する

明石の君《あかしのきみ》の産んだ姫君は、紫《むらさき》の上《うえ》が母親がわりとなって高貴な家の姫君として大切に育てられました。おかげで入内《じゅだい》の話も出て、裳着《もぎ》の儀を行うことになりました。母・六条御息所《ろくじょうのみやすどころ》亡き後、源氏が世話をしてきた秋好中宮《あきこのむちゅうぐう》が腰結役《こしゆいやく》を務めるという異例の待遇です。

- 源氏39歳
- 正妻格…紫の上
- 妻…花散里、明石の君

御髪上《みぐしあげ》の内侍《ないし》なども、やがてこなた*に参れり。上《うえ》（紫の上のこと）も、このついでに、中宮（秋好中宮のこと）に御対面あり。御方々の女房おしあはせたる、数しらず見えたり。子《ね》の刻《とき》に御裳《も》奉る。大殿油《おおとのあぶら》（灯《あか》り）ほのかなれど、御けは（姫君のご様子）ひいとめでたしと宮（秋好中宮のこと）は見たてまつれたまふ。大臣《おとど》（源氏のこと）、「思《おぼ》し棄《す》つまじきを頼みにて、なめげなる姿（失礼な姿。ここでは正装ではない女児の姿）を、すすみ御覧ぜられはべるなり。後の世の例《ためし》にやと、心せばく（見識が狭く）忍び思ひたまふる」など聞こえたまふ。宮、「いかなるべきこととも思ひたまへわきはべらざりつるを、かうことごとしう（大げさだ）とりなさせたまふになん、なかなか心おかれぬべく（気が引ける）」とのたまひ消つほどの御けはひ、いと若く……。

＊こなた…こちら。儀式の会場である秋好中宮の住まい。故六条御息所の娘である秋好中宮は、冷泉帝《れいぜいてい》（源氏と藤壺《ふじつぼ》の不義の子）の后《きさき》で、後見人の源氏の邸《やしき》を実家としている。

大意　髪上げをする内侍も源氏邸にある中宮の御殿に来て、紫の上をはじめ関係者の女房がたくさん参列しました。午前一時ごろに裳着をし、秋好中宮は姫君が立派な様子だと思いました。「今後も姫君を見守っていただきたく腰結をお願いしました。後世の例にもなりましょう。」などと言う源氏に、秋好中宮が「そんな大げさにお考えいただくと、気が引けます。」と謙遜《けんそん》なさる様子も若々しくて……。

上の古文を読んで、考えてみましょう

(1) 姫君の裳着は、一日のうち、朝、昼、夜のどの時間帯に行われましたか。

□

(2) 裳着の腰結役は血縁関係など縁故のある人に依頼するのが一般的ですが、源氏はどのような思いで秋好中宮に依頼したのですか。

ア　これを機に中宮との縁故を作って一族の発展を願う。
イ　中宮のような立派な後見人がいれば娘の将来も安心だ。
ウ　秋好中宮は魅力的な女性なので近づく機会が欲しい。

□

第15日

解答、解説

(1)

夜

子《ね》の刻《とき》とは、午後十一時~午前一時の時間帯です。当時は電灯もなく、夜中は「大殿油《おおとのあぶら》」という油のともしびで照らすので、ぼんやりとしか見えないことが描かれていますね。今の感覚だと子供関連の行事をこんな遅い時間に?とびっくりしますが、行事は吉日の縁起のよい時間を選んで行うものでした。平安貴族は夜型生活の傾向があったようで、深夜ですが大勢がつめかけていますね。

(2)

イ　中宮のような立派な後見人がいれば娘の将来も安心だ。

「後の世の例《ためし》にや」というのは、前例がない異例のことということです。秋好中宮《あきこのむちゅうぐう》に「思《おぼ》し棄《す》つまじき（=お見捨てにならないだろう）」と言っていることからも、今後も娘をよろしくという気持ちで後見人にあたる腰結役《こしゆいやく》を頼んだのです。源氏は自分の判断を、親バカな心からのものだと思っているよう。なお、秋好中宮は親亡き後、源氏邸を実家としており、今さら縁故を作る関係ではありません。

この後の物語は…

裳着《もぎ》を済ませた明石《あかし》の姫君《ひめぎみ》は入内《じゅだい》の予定もあり、親としては一安心です。一方、源氏にはまだ結婚相手の決まらない長男・夕霧《ゆうぎり》もいました。

【第三十二帖《じょう》「梅枝《うめがえ》」】

さらに続き

内心では雲居雁《くもいのかり》との初恋を貫きたい夕霧ですが、雲居雁の父・内大臣《ないだいじん》（元・頭中将《とうのちゅうじょう》）や乳母《うば》の反対があったのを気にしています。進展のない二人の関係は、双方の親の悩みの種になります。

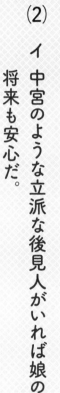

第16日

女三《おんなさん》の宮《みや》、豪華絢爛《けんらん》の成人式

源氏の兄・朱雀院《すざくいん》（院）は、病身の我が身を憂い、出家を考えます。しかし、まだ裳着《もぎ》を済ませていない末の娘（女三の宮）のことが気がかりです。裳着を済ませ、しかるべき相手と結婚を決めたら安心して出家できると思い、裳着の式を急ぎ用意するはこびとなりました。

● 源氏39歳
● 正妻格…紫の上
● 妻…花散里、明石の君

御裳着《もぎ》のこと思《おぼ》しいそぐさま、来し方行く先《今までもこれから先も》ありがたげなるまでいつくしくののしる《ものものしく大騒ぎする》。御しつらひ《部屋の調度（の準備）》は、*柏殿《かえどの》の西面《にしおもて》に、御帳、御几帳《きちょう》よりはじめて、*ここの綾《あや》、錦はまぜさせたまはず、唐土《もろこし》《中国》の后《きさき》の飾りを思しやりて、うるはしくことごとしく、輝くばかり調《ととの》へさせたまへり。御腰結《こしゆい》には、太政大臣《おおきおとど》を、かねてより聞こえさせたまへりければ、ことごとしくおはする人にて、*参りにくく《やりにくく》思しけれど、院の御言《こと》を昔より背き申したまはねば、参りたまふ。いま*二《ふた》ところの大臣たち、その残りの*上達部《かんだちめ》などは、わりなきさはり《どうしようもない不都合な事情》あるも、あながちにためらひ助け《都合をやりくりして》つつ参りたまふ。

*柏殿…朱雀院内の皇后の御所。　*ここの…ここでは「国産の」という意味。
*参りにくく…太政大臣《だいじょうだいじん》は女三の宮の親類縁者ではなく、異例の人選のためやりにくさを感じている。
*二ところの大臣…左大臣と右大臣。人物詳細不明。　*上達部…三位以上の貴族。

大意 朱雀院は娘・女三の宮の裳着を盛大に用意します。会場の部屋は、柏殿の西面で、調度はすべて中国船来のもので、唐の后のイメージで贅《ぜい》を尽くした絢爛《けんらん》豪華なものです。腰結は太政大臣にかねて打診してありました。太政大臣は親族ではないので気がすすまないながら、朱雀院の仰せなので引き受けます。右大臣・左大臣はもちろん、高級官僚は皆無理をおして何とか都合をつけて参列します。

上の古文を読んで、考えてみましょう

(1) 腰結は誰がつとめましたか。古文の中に出てくる人物名で答えましょう。

(2) ━線「あながちにためらひ助けつつ参りたまふ」とありますが、なぜそこまで無理して裳着の式に参加するのでしょうか。

ア　引き出物が舶来品の珍しい物で、期待しているから。
イ　太政大臣も気が進まないのに参加すると聞いたから。
ウ　帝《みかど》の血筋の身分の高い人の式は優先順位が高いから。

第16日

解答、解説

(1) 太政大臣《おおきおとど》

本来は血縁関係など、縁故のある人が腰結《こしゆい》をするものですが、ここでは社会的地位の高い太政大臣《だいじょうだいじん》に依頼されています。親類縁者で社会的地位の高い人としては源氏が候補にあがるはずなのですが、実は、朱雀院《すざくいん》は娘を源氏に嫁がせたいと考えていました。腰結をすると親代わりという面もあり、結婚相手となりませんから、別の人を選んだわけです。太政大臣が心中複雑なのも当然ですね。

(2) ウ 帝《みかど》の血筋の身分の高い人の式は優先順位が高いから。

当時は身分社会、特に天皇家の権威は絶対的なものでした。当然、天皇家の行事があるとなれば、参列できるのは名誉なことと考え、なんとしてでも参列するものです。太政大臣は本来自分が適任なわけではないのに腰結を依頼されたので、内心微妙ではありますが、お断りできるはずもありません。この絢爛《けんらん》豪華な儀式から、女三《おんなさん》の宮《みや》がいかに高貴な姫君かがわかりますね。

この後の物語は…

女三の宮の裳着《もぎ》は、親王や殿上人などをはじめ、宮中の人々は残らず参加する盛大なものでした。

【第三十四帖《じょう》「若菜《わかな》 上」】

さらに続き

裳着が無事に終わり、まだまだ病状もよくならない朱雀院は、いよいよ出家をします。

第22日（73ページ）の場面に続きます。

読んだ日　月　日

三日夜の餅《みかよのもち》・露顕《ところあらわし》

≫ 結婚式

キーワード解説

三日夜の《みかよの》餅《もち》・露顕《ところあらわし》

さて、垣間見《かいまみ》した女性に夜這《よば》いして既成事実ができました。でもまだ正式な結婚成立とはいえません。現代だって誠意ある男性ならば、初めて女性と一夜を共にして、それっきりというわけにはいきませんよね？　平安時代も当然そうでした。懸想文《けそうぶみ》やその返事と同様に、しきたりがあります。それは、新婚初夜から三日間は、男性が女性のもとに通うということです。

新婚三日目の夜には餅が供され、その儀式をもって正式に結婚成立となります。（来なければ、娘に手を出した挙げ句婚約破棄したひどい男とみなされても仕方がありません。）三日目の夜なので、「三日夜《みかよ》の餅《もち》」といいます。そして女性の家の方で餅を用意し、婿を正式に世間に公表することになる儀式をします。これが「露顕《ところあらわし》」、結婚式に相当するものです。それまでは夜中にこっそりでしたが、この式の後は日中妻の家にいてもOKです。

三日夜の餅は、小さな餅が供されますが、新郎はそのうちの三つを食べ、かつ全部食べ切らずにちょっと食べ残すのがお作法のようです。

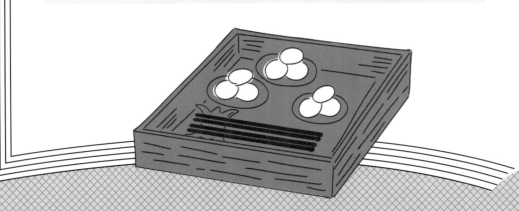

第17日　夫婦になった翌日の亥《い》の子《こ》餅《もち》

●源氏22歳
●正妻…葵の上と死別
●恋人…紫の君

ある日源氏は、自邸に引き取った藤壺《ふじつぼ》の姪・紫《むらさき》の君《きみ》（若紫《わかむらさき》）と一夜を共にしますが、幼い彼女はショックを受けます。翌日は亥《い》の日《ひ》なので、恒例行事で亥の子餅が持ってこられました。

をかしげなる＊檜破子《ひわりご》などばかりをいろいろにて参れるを見たまひて、君、南の方に出《い》でたまひて、惟光《これみつ》を召して、（源氏）「この餅《もちひ》、かう数々にところせきさまにはあらで、①明日の暮に参らせよ。今日はいまいましき日なりけり」とうちほほ笑みてのたまふ御気色《けしき》を、（惟光は）心とき者にて、ふと思ひよりぬ。惟光、たしかにもうけたまはらで、（惟光）「げに、愛敬《あいぎょう》のはじめは日選《え》りして聞こしめすべきことにこそ。さても子《ね》の子《こ》はいくつか仕うまつらすべうはべらむ」と、まめだちて申せば、（源氏）「三つが一つにてもあらむかし」とのたまふに、②心得はてて立ちぬ。もの馴《な》れのさまや、と君は思《おぼ》す。人にも言はで、手づからといふばかり、里にてぞ作りゐたりける。

（君…源氏のこと／惟光…源氏の乳母子《めのとご》／ところせき…ぎょうぎょうしい／いまいましき…日柄がよくない／心とき…鋭い／愛敬…（暗に）交際のはじめ／子の子…亥の子餅を子の日に持ってくるよう言われたので「子の子」餅と言っている／まめだちて…真面目くさって／三つが一つ…三分の一）

＊檜破子…檜《ひのき》の薄い板で作った折り詰め。ここでは亥の子餅を入れている。

大意　きれいな檜破子にいろいろな色の亥の子餅を差し上げたのを見て、源氏は腹心の惟光を呼んで、「こんな箱ぎっしりぎょうぎょうしくしないで、明日の暮れに持ってきなさい。今日は日柄がよくないんだ。」とほほ笑んで言いました。惟光は察しがよいので、「なるほど、良いお日柄に差し上げるべきですね。いくつにしますか。」と言うと、源氏は「三分の一くらいかな。」と言いました。事情を察した惟光の優秀な従者ぶりに源氏は感心します。惟光はあれこれ他言せずに自宅で餅の準備をするのでした。

上の古文を読んで、考えてみましょう

(1) ━線①「明日の暮」とありますが、源氏はなぜ明日の夜に餅を持ってきてほしいのですか。

・明日は、紫の君と一夜を共にしてから［　］日目になるので、恒例行事の亥の子餅を［　］として食べようと思ったから。

(2) ━線②「心得はてて」とありますが、惟光は何と心得たのでしょうか。

ア　源氏は亥の子餅のかわりに三日夜の餅を所望している。
イ　亥の子餅の数があまりに多くて紫の君には食べきれない。
ウ　源氏は市販の亥の子餅ではなく自家製の餅が食べたい。［　］

解答、解説

(1)

三・三日夜《みかよ》の餅《もち》

男女が初めて一夜を共にして間もなし、そして餅とくれば当然「三日夜の餅」ですね！　紫《むらさき》の君《きみ》と初めて一夜を共にした翌日にたまたま亥《い》の子餅《こもち》を見た源氏は、明日が夫婦となって三日目なのだから、明日の夜に餅を食べれば三日夜の餅になるな、と思いついたわけです。惟光《これみつ》はその事情を知りませんでしたが、察するや否や自宅に帰って三日夜の餅の用意をするのですから、従者の鑑《かがみ》ですね。

(2)

ア　源氏は亥《い》の子《こ》餅のかわりに三日夜の餅を所望している。

亥の子餅をならわし通り亥の日に持ってきたのに、日柄が悪いから明日の夕方にしろとは変ですね。意味深な笑顔で言われて、いくついるのかと聞いたら箱いっぱいの亥の子餅の三分の一ほど、と言われ、やはりそうか、三日夜の餅にしろというのだなと納得したのです。惟光は源氏の乳《う》母《ば》の息子で、赤ちゃんのころから共に育ってきたために、あれこれ指図されずとも源氏のことならお見通しです。

この後の物語は…

餅を食べた形跡から、周囲の人々は源氏と紫の君の関係を察します。紫《むらさき》の上《うえ》と呼ばれるようになった妻に執心し、他の恋人への足が遠のく源氏でした。

【第九帖《じょう》「葵《あおい》」】

さらに続き

源氏の恋人の一人、六条御《ろくじょうのみ》息所《やすどころ》は、自分が生霊となって源氏の正妻である葵《あおい》の上《うえ》を死に追いやったこと、源氏の心が自分から離れていることを察し、都を離れる決意をします。

第18日

可愛《かわい》いカップルの結婚式

●源氏12歳
●初恋の人…藤壺
●正妻…葵の上

源氏は十二歳で初冠《ういこうぶり》の儀式を済ませ、元服しました。結婚するにはまだ子供っぽさも残る年ごろですが、政権の重鎮である左大臣家の姫君・葵《あおい》の上《うえ》との縁談があったのです。

*その日の御前の*折櫃物《おりびつもの》、*籠物《こもの》など、右大弁なむうけたまはりて仕うまつらせける。*屯食《とんじき》、*禄《ろく》の唐櫃《からびつ》どもなどところせきまで（所狭しと）、春宮《とうぐう》（東宮。皇太子）の御元服のをりにも数まされり、なかなか（かえって）限りもなくいかめしうなん。

その夜、大臣《おとど》の御里（左大臣の御邸）に源氏の君まかでさせたまふ。作法（儀式）世にめづらしきまでもてかしづききこえたまへり。いときびはにて（本当に子供らしく）おはしたるを、ゆゆしう（おそろしいほど）うつくしと思《おぼ》ひきこえたまへり。女君（葵の上）は、すこし過ぐしたまへる（（源氏より）年齢が上でいらっしゃる）ほどに、いと若うおはすれば、似げなく（似つかわしくなく）恥づかしと思《おぼ》いたり。

この大臣の御おぼえいとやむごとなきに、母宮、内裏《うち》のひとつ后腹《きさいばら》（帝《みかど》と同じ母后の子供（＝桐壺帝《きりつぼてい》の妹））になむおはしければ、……。

*その日…源氏の元服の式があった当日。　*折櫃物・籠物・屯食・禄の唐櫃…いずれも祝いの飲食物など。

大意　源氏の元服当日は、帝への献上の菓子折などを右大弁が承って用意しました。皆に振る舞われる食品なども、東宮の元服の時以上にたくさんで、極めて盛大でした。その夜源氏は左大臣のお邸《やしき》に退出し、源氏を迎える儀式が例のないほど丁重に行われました。少年らしい源氏の姿を皆おそろしく可愛いと思いましたが、少し年上の葵の上は、若い源氏と自分はお似合いの夫婦ではなく恥ずかしいと思うのでした。葵の上の父である左大臣は帝の信任が厚く、葵の上の母は帝の妹なので、立派なお家柄で、……。

上の古文を読んで、考えてみましょう

(1) ━線「作法」とありますが、この儀式は平安時代の何という儀式でしょうか。漢字二字で書きましょう。

□□

(2) 源氏と葵の上との結婚についての説明として、正しいものを選びましょう。

ア　帝の皇子である源氏と、家臣である左大臣の娘とでは、不釣り合いである。
イ　葵の上は、いとこととの結婚は恥ずかしいことだと思っている。
ウ　政略結婚なので、男女間のやり取りはなく、いきなり結婚式から始まっている。

□

第18日

解答、解説

(1) 露顕《ところあらわし》

元服の儀式を終えた源氏が、左大臣の邸《やしき》にやってきました。今度の「作法（＝儀式）」への参加者は「女君（＝葵《あおい》の上《うえ》）」です。よって、この儀式は結婚式、つまり「露顕」です。あれ？　三日夜《みかよ》の餅《もち》は？　という疑問もごもっともですが、なんせ政略結婚の十二歳と十六歳です。いきなり男女関係から入るのも…ですよね。特に高貴な貴族の結婚は、権力に関わる政略結婚なので、このように、元服即披露宴ということは、よくあることでした。

(2) **ウ　政略結婚なので、男女間のやり取りはなく、いきなり結婚式から始まっている。**

懸想文《けそうぶみ》を送って夜忍んでいき、三日通って結婚、というのはあくまでも大人の自由意志による結婚です。結婚させるために元服させるような政略結婚の場合は、元服即披露宴です。なお、源氏の父と葵の上の母は兄妹なのでいとこ同士ですが、当時はいとこ同士やおじ姪《めい》など親族間での結婚は普通にあることでした。家柄は釣り合っていますね。

この後の物語は…

左大臣家の権勢は、確たるものとなりました。しかし葵の上と源氏はなかなか打ち解けられず、睦《むつ》まじい夫婦仲とはいえないようです。

【第一帖《じょう》「桐壺《きりつぼ》」】

さらに続き

葵の上に夢中になれたらよかったのでしょうが、源氏の心の中はますます初恋の人である藤《ふじ》壺《つぼ》への思いでいっぱいになるのでした。源氏の苦しい恋はどうなるのでしょうか。

第19日

親亡き姉妹、結婚式に苦戦す

●薫（源氏の子？）24歳
●匂宮（源氏の孫）25歳

源氏の没後の話です。京都の宇治《うじ》に住む源氏の異母弟・八《はち》の宮《みや》は、未婚の二人の娘を源氏の息子である薫《かおる》に頼んで亡くなりました。薫は姉の大君《おおいきみ》に夢中。源氏の孫である匂宮《におうのみや》は、妹の中《なか》の君《きみ》にアプローチします。大君は独身を貫くつもりで薫を拒みましたが、匂宮と中の君は男女関係に。今日が匂宮が通い始めて三日目です。

「三日に当る夜《よ》、餅《もちひ》なむまゐる」と人々の聞こゆれば、（大君は）ことさらにさるべき祝ひのことにこそはと思《おぼ》して、御前にてせさせたまふもたどたどしく、かつは大人になりておきてたまふも、人の見るらむこと憚《はばか》られて、面《おもて》うち赤めておはするさま、いとをかしげなり。このかみ心にや、のどかに気高きものから、人のためあはれに情々《なさけなさけ》しくぞおはしける。

人々：宇治の姉妹に仕える女房たち
さるべき：するべき
大人：年長者
おきて：ぶって指図する
このかみ心：年長者としてのいたわりの気持ち

大意 「三日目の夜に餅を召し上がっていただきます。」と女房たちに聞いて、大君はそういうお祝いをするのだなと思い、自分の前で作らせます。不慣れなうえに自分が年長者ぶって指図して準備するのも、傍目にどうなのか気になって、顔を赤らめている大君の様子は、とても愛らしいものです。大君の年長者としてのいたわりの気持ちは本当にお優しいことです。

上の古文を読んで、考えてみましょう

(1) ━線「三日に当る夜、餅なむまゐる」とありますが、これを何と言いますか。五字で書きましょう。

□□□□□

(2) 妹の結婚にあたっての大君の態度は、どのようなものですか。

ア 経験がなくてわからないが、妹のために頑張っている。
イ 周囲の人に促されて仕方なく用意をしている。
ウ 積極的に陣頭指揮に立ち、場を切り回している。

□

第19日

解答、解説

(1) **三日夜《みかよ》の餅《もち》**

字面を見て思い出しましたね、そう、「三日夜の餅」！　紫《むらさき》の上《うえ》の場合は既に親と別れて源氏と同居していたので源氏の方で餅を手配しましたが、通常は女性の家の方で用意します。しかし姉妹は親を亡くし、世話をしてくれる人がいません。大君《おおいきみ》は未婚で経験がないので、周囲の人々の助言を聞いて、そういうものなのだな、と戸惑いながら不慣れな準備を親代わりにしています。

(2) **ア　経験がなくてわからないが、妹のために頑張っている。**

中《なか》の君《きみ》は二十四歳、当時としてはかなり晩婚です。姉の大君も二十五歳で独身で、郊外に住んでいるため、宮中での社交など世馴《よな》れた経験がありません。そこを何とか女房に言われた通り「たどたどしく」も、あれこれ指図して、妹のためにかいがいしく用意しています。

この後の物語は…

良かれと思って匂宮《におうのみや》と中の君を結婚させた大君ですが、都から宇治《うじ》は遠かった…。母である明石《あかし》の中宮《ちゅうぐう》の反対もあり、匂宮の足は遠のき…。

【第四十七帖「総角《あげまき》」】

さらに続き

大君は心労も重なって、病気で亡くなってしまいます。しかも匂宮には別の縁談があり正妻をもうけてしまいます。匂宮は、二条の邸《やしき》にかわいそうな中の君を引き取ることにしました。

読んだ日　月　日

妊娠《にんしん》

結婚十年目にして…
気持ちわるい…
葵の上の妊娠…!
高名な僧をたくさん呼ばないと…!
キリッ
産まれるのは、男か、女か…?
今日もステキ!
キャ~~♡
憂い顔も美しいわ!

出産は命がけ

キーワード解説

妊娠

にんしん

現代ほど医学が発達していなかった平安時代、妊娠・出産は女性にとって死と隣り合わせのビッグイベントでした。安産で元気な子が生まれ育つよう、平安貴族はいろいろな儀式を行います。

妊娠五か月目の吉日に、妊娠の祝いと安産を願い、妊婦の腹に**標《しるし》の帯**というものを結びました。現代でも、妊娠五か月の戌《いぬ》の日に腹帯をするという慣習がありますね。

また、血を流すので**出産は穢《けが》れ**であると考えられ、母屋《おもや》とは別に産屋《うぶや》が設けられました。産屋の調度品はすべて白で揃《そろ》えられ、産婦、出入りする家人・女房の衣服もすべて白。出入りの際は、**飲食や行動を慎むなど「物忌《ものい》み」**をして身を清めました。出産の時期が近づくと、僧侶や陰陽師《おんみょうじ》による加持祈祷《かじきとう》が行われました。**お産の苦しみは「物の怪《もののけ》」がとり憑《つ》いたため**なので、それを解決するのは医者ではなく陰陽師、というわけなのです。

出産後も、生まれた子を湯につからせる「御湯殿《おゆどの》」の儀式、魔除《まよ》けのため弓の弦を鳴らす「鳴弦《めいげん》」、生まれて三・五・七・九日目の夜に子に贈り物をする「産養《うぶやしない》」など、様々な儀式があります。

第20日

不安だらけの妊娠

●源氏22歳
●正妻…葵の上
●恋人…六条御息所など

葵《あおい》の上《うえ》と結婚した源氏でしたが、相変わらず様々な女性との恋を楽しんでいました。恋人の一人であった六条御息所《ろくじょうのみやすどころ》は、源氏のあてにならない気持ちがつらく、伊勢の斎宮《さいぐう》に選ばれた娘に同伴して伊勢に行こうかと迷っています。そんな中、葵の上が、ついに妊娠します。

大殿《おおとの》には、かくのみ定めなき御心を心づきなしと思《おぼ》せど、*あまりつつまぬ御気色《けしき》の言ふかひなければにやあらむ、深うも怨《え》じきこえたまはず。*心苦しきさまの御心地になやみたまひてもの心細げに思《おぼ》いたり。（源氏は）めづらしくあはれと思ひきこえたまふ。誰も誰もうれしきものからゆゆしう思して、さまざまの御つつしみせさせたてまつりたまふ。かやうなるほど、いとど御心の暇《いとま》なくて、思しおこたるとはなけれど、途絶え多かるべし。

大殿　葵の上のこと
御心　（源氏の）浮気心
心づきなし　快くない
つつまぬ　遠慮のない
なやみたまひて　体調もお悪く
めづらしく　すばらしく
ゆゆしう　不吉な
御つつしみ　物忌《ものい》み

*あまりつつまぬ御気色…遠慮なく複数の女性と浮気している光源氏の態度のこと。
*心苦しきさまの御心地になやみたまひて…心身の調子が悪いという意味で、妊娠したときによく用いられる表現。

大意　葵の上は、源氏の浮気心を快くないと思っていますが、あまりにも源氏が遠慮のない態度で何を言ってもどうしようもないことだからでしょうか、深く恨みません。葵の上は妊娠中のために心身の調子が悪そうです。源氏はこの妊娠をすばらしく愛《いと》おしいことだと思っています。誰もが葵の上の妊娠を嬉《うれ》しいと思う一方で不吉な場合のことも思い、様々な物忌みをさせます。この間、源氏はますます心の休まる暇もなく、自然と六条御息所への訪問は途絶えることが多くなるにちがいありません。

上の古文を読んで、考えてみましょう

(1) 妊娠した葵の上の心身の状態を表している一文を古文の中から探し、ぬき出しましょう。

(2) ━線「さまざまの御つつしみせさせたてまつりたまふ」とありますが、なぜ「物忌み」をするのでしょうか。

ア　源氏の浮気を止めさせるため。
イ　六条御息所に謝罪するため。
ウ　葵の上が安産であることを願うため。

解答、解説

(1) 心苦しきさまの御心地になやみたまひてもの心細げに思《おぼ》いたり。

今も昔も、妊娠中はいろいろな不調が出てくるものです。「なやみ」は、古語では体調が悪いという身体的な苦しみを表します。「もの心細げ」は、「なんとなく心細い」という意味です。なので、この一文は「苦しくて気分がすぐれず、なんとなく心細く思っている」という意味になります。妊娠中の不安な気持ちを表していますね。当時の出産は命がけ。命を落とすのではないかという不安もあったでしょう。

(2) ウ 葵の上が安産であることを願うため。

繰り返しますが、出産は女性にとって、命の危険が伴う人生の一大イベントです。そのために、安産で元気な子が生まれるよう、いろいろなしきたりがあり、様々な儀式も行われました。「物忌《ものい》み」とは、飲食や行動を慎むことで不浄を避けることです。ただでさえ不安な妊娠・出産に対して、万全の体制を期しているわけですね。正解は**ウ**。物忌みは、**ア**や**イ**の目的のためには行われません。

この後の物語は…

京の一大イベントである賀茂《かも》祭《まつり》の御禊《ごけい》の日、見物しに来た葵《あおい》の上《うえ》と、六条御息所《ろくじょうのみやすどころ》の車がはちあわせ。見物の場所をめぐり、従者同士が大ゲンカ。車を壊され恥をかかされた六条御息所は、このことを恨みます。

【第九帖《じょう》「葵《あおい》」】

さらに続き

いよいよ葵の上は出産となりますが、ひどく苦しんでいる様子。その原因は、どうやら六条御息所の生霊のようで…。

読んだ日　月　日

剃髪《ていはつ》・出家《しゅっけ》

≫つらい俗世からさよなら

キーワード解説

剃髪《ていはつ》・出家《しゅっけ》

「出家」は世俗を離れて仏道修行に専念することです。古文では出家を間接的に表す言葉は多くあります。悟りを得ることを志すという意味から「発心《ほっしん》す」。「本意《ほい》」「思ひ立つ」なども出家の決意をしたことを指す場合があります。政界からしりぞいたり、家族との縁を絶ったりするので、「世を捨つ」「世を背く」「世を離《か》る」「世を遁《のが》る」「世を厭《いと》ふ」「身を捨つ」などとも言います。出家する際には髪を切る「剃髪」の儀式が行われるので、「御髪《みぐし》おろす」「頭《かしら》おろす」も出家のことを指します。また、衣服も黒色または灰色（鼠《ねずみ》色・薄墨色）など質素な身なりに変えるので、「身をやつす」「様を変《か》ふ」などとも言います。

仏教では、現世での行いが来世の生を決めるという考えがあります。平安時代の貴族たちは、出家することで現世での罪を軽くし、来世を明るいものにしたいと考えました。『源氏物語』の中では、源氏との不義の恋に苦しんだ藤壺《ふじつぼ》、源氏への執着心から生霊になってしまった六条御息所《ろくじょうのみやすどころ》、柏木《かしわぎ》と不倫関係になった女三《おんなさん》の宮《みや》など、罪の意識を抱えた女性たちが出家しています。

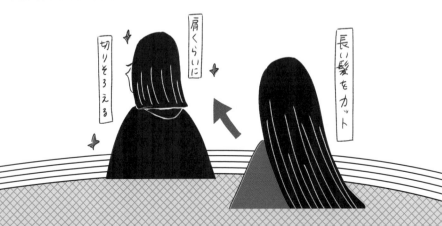

第21日 藤壺《ふじつぼ》の堅い決心

● 源氏24歳
● 正妻格…紫の上
● 恋人…朧月夜

恋人の六条御息所《ろくじょうのみやすどころ》は都を離れ、父・桐壺院《きりつぼいん》は亡くなり、源氏の大切な人が次々にいなくなります。源氏は再び父の妻・藤壺に恋心を訴えますが、彼女はある決意をしていました。

＊最終《はて》の日、（藤壺は）わが御事を＊結願《けちがん》にて、世を背きたまふよし仏に申させたまふに、みな人々驚きたまひぬ。兵部卿宮《ひょうぶきょうのみや》（藤壺の兄のこと）、大将（源氏のこと）の御心も動きて、あさまし（驚く）と思《おぼ》す。親王《みこ》（兵部卿宮のこと）は、なかばのほどに、立ちて入《い》りたまひぬ（儀式の途中で藤壺の御座所に入られ（て出家の決意を覆すよう説得なさっ）た）。心強う思し立つさまをのたまひて、果つるほど（儀式が終わるころに）に、＊山の座主《ざす》召して、忌《い》むこと受けたまふべき（仏門に入るための戒律を受けた）よしのたまはす。御をぢの横川《よかわ》の僧都《そうず》近う参りたまひて、御髪《みぐし》おろしたまふほどに、宮の内ゆすりてゆゆしう（不吉なまでに）泣きみちたり。何となき老い衰へたる人だに（～さえ）、今はと世を背くほどは、あやしうあはれなる（悲しくなる）わざを、まして、かねての御気色《けしき》にも出《い》だしたまはざりつる（顔色にも出しなさらなかった）ことなれば、親王《みこ》（兵部卿宮のこと）もいみじう泣きたまふ。

＊最終の日…仏の徳を講義する法会《ほうえ》の御八講の最終日。　＊結願…修法《しゅほう》や立願《りゅうがん》をした最終の日の作法。
＊山の座主…天台宗の最高位の僧。

大意 八講の最終日、藤壺は出家の旨を仏に言ったので、人々、兵部卿宮、源氏は驚きます。兵部卿宮は儀式の途中で座を立ち藤壺のいる御簾《みす》の中に入って出家をやめるよう説得します。藤壺は儀式が終わるころ、比叡山《ひえいざん》の座主を呼び、仏門に入るため戒律を受けると言います。藤壺の伯父の横川の僧都も近くに来て、藤壺が髪を切る時、宮邸中は不吉なまでに泣き声で満ちました。ただの老人でさえ出家の時は不思議と悲しいものですが、まして藤壺は前々から顔色にも出さなかったので、兵部卿宮もひどく泣きました。

上の古文を読んで、考えてみましょう

(1) 藤壺が出家したと視覚的にわかる表現を古文の中から八字でぬき出しましょう。

□□□□□□□□

(2) 藤壺の出家の決意を聞いた周りの人々はどのように思ったのでしょうか。

ア 藤壺が出家を決意したことに納得できず怒りがわいた。
イ 藤壺が出家を決意したことに驚き悲しんだ。
ウ 藤壺が出家を決意したことは仕方がないとあきらめた。

□

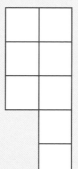

第21日

解答、解説

(1)

御髪《みぐし》おろしたまふ

本文の中で出家を意味する表現は、一行目の「世を背きたまふ」、三行目の「思《おぼ》し立つ」、五行目の「御髪おろしたまふ」がありますね。この中で、視覚的に出家したことがわかるのは、髪を切ることを意味する「御髪おろしたまふ」です。本文にはありませんが、「身をやつす」「様を変ふ」なども、出家する際の視覚的変化を表す表現ですよ。

(2)

イ 藤壺《ふじつぼ》が出家を決意したことに驚き悲しんだ。

藤壺が出家の決意表明をした一行目「世を背きたまふよし仏に申させたまふ（＝出家したいということを仏に言った）」に対する人々の反応を探します。二行目に「みな人々驚き」「兵部卿宮《ひょうぶきょうのみや》、大将の御心も動きて、あさましと思《おぼ》す」と、「驚き」「あさまし（＝驚く）」という語がありますね。また、本文の最後に「泣きたまふ」とあります。アの「怒り」やウの「あきらめ」は本文中にはありません。

この後の物語は…

源氏は藤壺の出家にすっかり意気消沈。右大臣家の勢力も増し、源氏の後ろ盾となる左大臣家もなんとなく沈みがちになっていました。

【第十帖「賢木《さかき》」】

さらに続き

そんな中、源氏は右大臣家の娘で天皇の妻候補である朧月夜《おぼろづきよ》のもとへ頻繁に顔を出すようになります。二人の秘密の恋はずっと隠し続けられるわけもなく…。

第22日 出家の決意をゆるがすのは…

● 源氏39歳
● 正妻格…紫の上
● 妻…花散里、明石の君

病気になり出家を望む朱雀院《すざくいん》（源氏の兄）は、愛娘《まなむすめ》の女三の宮《おんなさんのみや》を源氏に託そうとします。女三の宮の裳着《もぎ》（＝成人の儀式）が終わり、朱雀院は出家の儀式を行うことにしました。

御心地いと苦しきを念じつつ（我慢なさっては）、思《おぼ》し起こして、この御*いそぎはてぬれば、三日過ぐして、つひに①御髪《みぐし》おろしたまふ。よろしきほどの人（普通の身分の者）の上にてだに、今はとてさま変《かわ》るは悲しげなるわざなれば、ましていとあはれげ（気の毒な様子）に御方々（朱雀院のご夫人たち）も思しまどふ。尚侍の君《ないしのかみ》（朧月夜《おぼろづきよ》のこと）は、つとさぶらひ（そばにいて）たまひて、いみじく思《おぼ》し入《い》りたる（思いつめていらっしゃる）を、こしらへかねたまひて（慰めかねなさって）、（朱雀院）「子を思ふ道は限りありけり。かく思ひしみ（深く悲しんで）たまへる別れのたへがたくもあるかな」とて、②御心乱れぬべけれど、あながちに（無理をして）御*脇息《きょうそく》にかかりたまひて、*山の座主《ざす》よりはじめて、*御戒《いむこと》の*阿闍梨《あじゃり》三人さぶらひて、法服《ほうぶく》など奉る（お召しになるときの）ほど、この世を別れたまふ御作法（儀式）、いみじく悲し。

＊御いそぎ…女三宮の裳着（＝成人の儀式）のこと。　＊脇息…ひじかけ。　＊山の座主…天台宗の最高位の僧。
＊御戒…仏門に入る者に戒律を授けること。　＊阿闍梨…儀式の導師を務める僧。

大意 朱雀院は苦しいのを我慢して気分をふるいたたせ、女三の宮の成人式を終え、三日経《た》ってから剃髪《ていはつ》しました。普通の身分の者でさえ姿が変わるのは悲しいことなので、まして朱雀院の場合はお気の毒な様子だと朱雀院のご夫人たちも悲しみました。朧月夜が院のそばで思いつめているのを、院は慰めかねて、「親が子を思う道には限りがありますが、こうして悲しむあなたとの別れが堪えがたいよ。」と、出家の決心がゆらぎますが、無理をして脇息に寄りかかり、山の座主、阿闍梨三人がお仕えし、法服などを着る出家の儀式は、ひどく悲しいものでした。

上の古文を読んで、考えてみましょう

(1) ──線①「御髪おろしたまふ」とありますが、同じように出家したことを表す言葉を、古文の中から四字でぬき出しましょう。

□□□□

(2) ──線②「御心乱れぬべけれど」とありますが、朱雀院の出家の決心がゆらいだのはなぜでしょうか。

ア　朱雀院は病の身であり、動くことさえもつらかったから。
イ　朧月夜が悲しんで朱雀院のそばを離れないから。
ウ　周囲の人たちに気の毒だと思われたくないから。

□

解答、解説

(1)

さま変《かわ》る

出家する際には、髪をそり、質素な身なりになります。「よろしきほどの人でも『さま変る』は悲しい→まして院の場合はなおさらだ」と、普通の人の場合と朱雀院《すざくいん》を比較している文脈ですね。藤壺《ふじつぼ》の出家の際（71ページ参照）も「何となき老い衰へたる人」の場合と比較していました。なお、剃髪《ていはつ》後には、戒律を授かる儀式が行われます。これらを執り行うため、僧侶を呼ぶ必要があります。本文中では、座主と阿闍梨《あじゃり》のことです。

(2)

イ　朧月夜《おぼろづきよ》が悲しんで朱雀院のそばを離れないから。

――線②直前の朱雀院の言葉に、「かく思ひしみたまへる別れのたへがたく」とあります。自分を思ってくれている人と別れがたいのです。三行目に、「尚侍《ないしのかみ》の君《きみ》」（朧月夜）が朱雀院との別れを悲しみ、そばを離れないでいる様子が書かれており、彼女が「自分を思ってくれている人」ですね。**ア**や**ウ**のような内容は、本文にありません。

この後の物語は…

源氏は朱雀院と対面し、女《おんな》三《さん》の宮《みや》の将来を案じる朱雀院の親心をくみとって、女三の宮との結婚を承諾します。

【第三十四帖「若菜《わかな》　上」】

さらに続き

源氏は女三の宮を正妻として迎え入れることを紫《むらさき》の上《うえ》に伝えます。紫の上は表面では穏やかに振る舞っていましたが、心の中は不安な気持ちで揺れていたのでした…。

読んだ日　月　日

葬式《そうしき》・服喪《ふくも》

ああ…空に消えていってしまう…
紫の上
源氏
火葬は、高位貴族だけのもの

≫野で送ります

キーワード解説

葬式《そうしき》・服喪《ふくも》

近親者の臨終の後、遺族は悲しみにくれる間もなく、様々な儀式を行わなければなりませんでした。平安貴族の葬式と服喪について、順を追ってみていきましょう。

当時は現代のように室内に火葬場はないので、野で亡骸《なきがら》を燃やします。主な火葬場は京都の化野《あだしの》や鳥辺野《とりべの》などでした。火葬まで付き添って死者を見送ることを「**野送り**」「**野辺《のべ》送り**」などと言います。空に煙があがる様子を見て、遺《のこ》された者たちは人の命のはかなさをかみしめるのでした。

一定期間、遺族が行動を慎むことを「**服喪**」と言います。服喪の期間は、死者が父母・夫の場合は一年、祖父母は五か月、妻や兄弟姉妹は三か月と決められていました。死後七日ごとに法要が営まれます。特に四十九日には次の生を得られると考えられたため、手厚い儀式が行われました。部屋の調度品や着る服なども、黒色や灰色（薄墨色・鼠《ねずみ》色）に統一します。服喪期間が終わることを「**果て**」といい、喪服を脱いで、河原に行って死の穢《けが》れをはらい、身を清める儀式が行われました。

第23日

悲しむ間もなく葬儀へ…

●源氏51歳
●妻…紫の上、花散里、明石の君

紫《むらさき》の上《うえ》が重い病になったため、彼女に育てられた明石《あかし》の中宮《ちゅうぐう》（産みの母は明石《あかし》の君《きみ》）と、その子供たちが見舞いにきました。紫の上は源氏と明石の中宮に見守られ、静かに息を引き取ったのでした。

やがて、*その日、とかくをさめたてまつる《葬儀を営んで》。限りありけることなれば《（葬儀には）定められた作法があるので》、骸《から》を見つつもえ過ぐしたまふまじかりける《過ごすわけにはいかない》ぞ、心憂き《つらい》世の中なりける。はるばると広き野の所もなく《いっぱいに》立ちこみて、限りなくいかめしき作法《厳粛な葬儀》なれど、いとはかなき煙にてはかなくのぼりたまひぬるも、例のこと《世の常》なれどあへなくいみじ《あっけなく悲しい》。（源氏は）空を歩む心地して、人にかかりて《もたれかかって》ぞおはしましけるを、見たてまつる人も、さばかりいつかしき《尊く威厳がある》御身をと、ものの心知らぬ下衆《げす》《下々の者》さへ泣かぬなかりけり。

*その日…紫の上が亡くなった日。

大意　紫の上が亡くなったその日に、葬儀を営みます。葬儀には定められた作法があるので、いつまでも亡骸《なきがら》を見ながら過ごすわけにはいかないというのがつらい人の世です。広々した野原いっぱいに人々が立てこみ、厳粛な葬儀でしたが、あっけなく煙となって空に昇っていってしまったのも、世の常のことではありますが、あっけなく悲しいことです。源氏は空を歩くような気分で、人にもたれかかっており、それを見た人も、あれほど尊く威厳があるお方なのにと、ものの道理も知らない下々の者ですら泣かない者はいませんでした。

上の古文を読んで、考えてみましょう

(1) 紫の上の葬儀はどこで行われましたか。古文の中からぬき出しましょう。

(2) 平安貴族の葬儀の作法として正しいのはどれでしょうか。

ア　亡くなった後は、亡骸と向き合うためそのまま野に置く。
イ　亡くなった後は、亡骸を燃やして煙となるのを見送る。
ウ　亡くなった後は、親族だけで葬儀を行う。

第23日

解答、解説

(1) （はるばると広き）野

キーワードでも解説したように、平安時代は野で亡骸《なきがら》を燃やしました。火葬場まで亡骸を見送ることを、「野送り」「野辺《のべ》送り」と言います。二行目に「はるばると広き野」とあり、その後に「いかめしき作法（＝儀式。ここでは紫《むらさき》の上《うえ》の葬儀のこと）」が行われ、「いとはかなき煙にてはかなくのぼりたまひぬる」とあるので、まさに野で亡骸が燃やされ、煙になって空に昇っていったことがわかります。

(2) イ　亡くなった後は、亡骸を燃やして煙となるのを見送る。

一行目に「限りありける」とあるように、葬儀には様々な作法があり、遺族の気持ちとはうらはらに儀式は進んでいきます。それは現代と同じです。異なるのは、野に行って亡骸を焼く点です。よって正解は**イ**。**ア**のように火葬も土葬もせずそのまま野ざらしにすることは、少なくとも貴族ではありえません。また、「広き野」がいっぱいになるほど野辺送りに人々がつめかけているとわかるので、「親族だけ」とする**ウ**も誤りです。

この後の物語は…

紫の上が亡くなってから、源氏は何をしても慰めにはなりません。出家したいと考えますが、世間が自分を弱々しい者だと馬鹿にすることを恐れ、なかなか決意できずにいました。

【第四十帖《じょう》「御法《みのり》」】

さらに続き

紫の上の死を多くの者が嘆き悲しみます。帝《みかど》や親友の致仕《ちし》の大臣《おとど》（元・頭中将《とうのちゅうじょう》）、秋好《あきこのむ》中宮《ちゅうぐう》などが源氏を弔問するのでした。

読んだ日　月　日

陰陽道《おんみょうどう》

Q 陰陽道ってなに?
古代中国に伝わるものを日本風にアレンジしたんです。
カンタンに言うと、占いのようなものかな!
役所もちゃーんとありますよ
太政大臣
神祇官
左大臣
右大臣
内大臣
大納言
中納言
参議
左弁官
少納言
右弁官
中務省
式部省
治部省
民部省
兵部省
刑部省
大蔵省
宮内省
陰陽寮・
内礼司・
図書寮…
今日はこの辺で!
じゃっ
今から爪切りの時間を決めに行かなくちゃいけないんで!

陰陽師《おんみょうじ》におまかせ!

キーワード解説

陰陽道
おんみょうどう

陰陽道とは、奈良時代に中国から伝わり、自然現象の観測などから人間の運勢を占う術です。現代では迷信として片付けられてしまうようなことも、平安貴族の生活を強く支配していたのです。

陰陽道に携わる者を陰陽師と呼びます。陰陽師は陰陽《おんみょう》寮《りょう》に所属して占いをして災いを払います。現代でも有名なのは安倍晴明《あべのせいめい》ですね。この人は陰陽師の中でも天才と言われた人です。

平安貴族は身近に神々、物《もの》の怪《け》、疫病をもたらす生霊や怨霊など、目に見えない霊的なものを感じて、恐れながら生活していました。彼らが災いを避けて生活するためには、陰陽師の判断に従うことが重要となります。なお、どの程度の「判断」だったかというと…イベントを行う日付はもちろん、外出する方向や、果てには髪や爪を切る日時さえも、陰陽師に相談することが必要だったのですよ。今では考えられないことですね。

第24日

祭り見物に出かけよう

- 源氏22歳
- 正妻…葵の上
- 恋人…六条御息所など

プライドの高い正妻・葵《あおい》の上《うえ》と、年上の恋人の六条御息所《ろくじょうのみやすどころ》の、自分を巡る争いに源氏は心を痛めていました。そんな中、手元で養育している少女・紫《むらさき》の君《きみ》(姫君)と過ごす時間は、安らぎを与えてくれます。ある日源氏は、紫の君と賀茂祭《かものまつり》に出かける準備をします。

(源氏)「*女房、出《い》でたつや《出かけるのかな》」とのたまひて、姫君のいとうつくしげにつくろひたて《身支度をして》ておはするをうち笑みて見たてまつりたまふ。(源氏)「君は、いざたまへ。もろともに見むよ《一緒に見ましょう》」とて、①御髪《みぐし》の常よりもきよらに見ゆるをかき撫《な》でたまひて、(源氏)「久しう削ぎたまはざめるを、今日はよき日ならむかし《日柄もよいでしょう》」とて、②*暦《こよみ》の博士召して時刻《とき》問はせなどしたまふほどに、(源氏)「まづ、女房、出でね《出かけなさい》」とて、童《わらわ》の姿どものをかしげなるを御覧ず。いとらうたげなる《かわいらしい》髪どもの末《すそ》はなやかに削ぎわたして、浮紋《うきもん》の*表袴《うえのはかま》にかかれるほどけざやかに見ゆ。

*女房…紫の君づきの童たちのこと。
*暦の博士…陰陽寮《おんみょうりょう》(占いや天文・時や暦など、陰陽道のことを担当する役所)の職員。
*表袴…童女たちが晴れの日に、上に着る物。

大意 源氏は、「女房たちは出かけるのかな。」と言い、紫の君がとても可愛《かわい》らしく装束などを整えているのを、微笑んで見ています。源氏は「さあいらっしゃい。一緒に祭を見ましょう。」と言って、美しい髪をかき撫でて「もう長く髪を切っていないようだが、今日は日柄もよいでしょう。」と言って、暦の博士を呼んで時刻を調べさせている間に、「先に女房が出かけなさい。」と言って、女童《めのわらわ》たちのかわいらしい格好を見ています。華やかに切りそろえた髪の先が、浮紋の表袴にかかっているあたりが鮮やかに見えます。

上の古文を読んで、考えてみましょう

(1) ━線①「御髪」は誰の髪ですか。**大意**の中に出てくる人物名で答えましょう。

(2) ━線②「暦の博士召して」とありますが、なぜ陰陽道のことを担当する役所の職員である「暦の博士」を呼んだのですか。「髪」という言葉を使って答えましょう。

第24日

解答、解説

(1) 紫《むらさき》の君《きみ》

一～二行目に「姫君のいとうつくしげにつくろひたてておはするをうち笑みて見たてまつりたまふ」とあります。姫君、つまり紫の君がかわいらしく身支度をしていらっしゃる様子を、源氏がニコニコしながら見ている場面です。登場人物は源氏と紫の君（と女房）だけなので、源氏が近くに呼んでかき撫《な》でている美しい髪は、紫の君の髪です。なお、女房の髪の毛に「御」とはつけないという点からも、判断は可能ですよ。

(2) 例 髪を切るのによい時間を確認するため。

三～四行目に「久しう削ぎたまはざめるを」とあります。「削ぐ」は特に髪の毛の先を切る、という意味の古文単語です。源氏は紫の君の髪を撫でながら、長い間髪を切っていないことに気がついたのでしょう。「よき日」は髪を切るのに吉日ということになります。平安貴族の生活では、髪を切るにも、日時を選びます。陰陽寮《おんみょうりょう》に勤める暦の博士を呼んだのは、髪を切るのによい時刻を調べさせるためだったのです。

この後の物語は…

源氏は自ら紫の君の髪の毛の先を切り、愛情を注ぎます。しかしこの後、源氏の正妻・葵《あおい》の上《うえ》が、男児（夕霧《ゆうぎり》）の出産後に亡くなってしまいます。恋人である六条御息所《ろくじょうのみやすどころ》の生霊に呪い殺されてしまったのです。

【第九帖《じょう》「葵《あおい》」】

さらに続き

正妻を亡くした源氏は、葵の上の喪が明けると、大切に養育し、美しく成長した紫の君を妻にします。

読んだ日　月　日

物忌み《ものいみ》

物《もの》の怪《け》を避けよう

キーワード解説

物忌み
ものいみ

平安時代では、病気になったり、災害にあったりすることは「物《もの》の怪《け》」によるものとされていました。そのようなことを避けるために、「陰陽道《おんみょうどう》」に従って、「物忌み」が行われていました。

「物忌み」とは、一定の期間、一定の行動を控えることで穢《けが》れを避けることです。神事に携わる際は、一定期間飲食や言行を慎み、心身を清めて家に籠《こ》もります。それ以外にも、陰陽道によって「凶」とされた日は外出を避け、家に籠もりました。近しい人が亡くなったり、災害にあったりしたときも外出を控え、来客なども断りました。それだけではありません。悪い夢を見た、出かけたときに動物の死骸を見た、などのことがあっても、不吉なこととして「物忌み」を行っていたのです。

帝《みかど》（天皇）も「物忌み」を行いますが、その場合には宮中をあげて行うことになるので大変です。臣下は前日に宮中へ行って、そのまま泊まり込むのです。上司の個人的な都合で泊まり込みだなんて、現代ならとんだブラック企業ですね。

第25日 帝《みかど》の物忌《ものい》みで帰れません

●源氏17歳
●正妻…葵の上

左大臣家の姫・葵《あおい》の上《うえ》と結婚した源氏ですが、夫婦仲は良好とはいえません。ある時、源氏たちは、帝の物忌みのため、宮中に夜通し詰めることになりました。

長雨《ながあめ》晴れ間なきころ、内裏《うち》の御物忌《ものいみ》さしつづきて、いとど長居《ながい》さぶらひたまふを、①大殿*にはおぼつかなく恨めしく思《おぼ》したれど、よろづの御よそひ、何くれとめづらしきさまに調《ととの》じ出《い》でたまひつつ、御むすこの君たち、ただこの御宿直所《とのいどころ》に宮仕《みやづか》へをつとめたまふ。宮腹《みやばら》*の中将は、中に親しく馴《な》れきこえたまひて、遊び戯《たわぶ》れをも人よりは心やすく馴れ馴れしくふるまひたり。右大臣《みぎのおとど》*のいたはりかしづきたまふ住み処《か》は、②この君もいとものうくして、すきがましきあだ人なり。

内裏…宮中
いとど長居さぶらひたまふを…（源氏は）長い間とどまっていらっしゃる
おぼつかなく恨めしく…待ち遠く恨めしく
よろづの御よそひ…（源氏の）装束など準備すべて
調じ出で…ととのえになって
御宿直所に…源氏の宮中の私室に
宮腹の中将…葵の上の兄である頭中将《とうのちゅうじょう》のこと
すきがましきあだ人…好色で浮気者

*大殿…左大臣宅のことで、源氏の正妻である葵の上の実家を指す。
*宮腹…母親が皇女であるという意味。
*右大臣…頭中将の舅《しゅうと》。

大意 五月の長雨のころ、宮中での物忌みが続いて、源氏が長い間宮中にとどまっているのを、左大臣邸の人たちははがゆく思っていました。左大臣宅では源氏の装束を立派に仕立て、左大臣の子たちが、宮中の源氏の私室に仕えていました。中でも頭中将は、源氏に馴れ親しんでいて、遊びごとや戯れごとにおいて誰よりも親しく振る舞っています。頭中将は、舅の右大臣が大切に可愛《かわい》がっている正妻のいる住処へは、めんどうくさがって行こうとせず、好色で浮気者でした。

上の古文を読んで、考えてみましょう

(1) 線①「大殿にはおぼつかなく恨めしく思したれど」とありますが、なぜでしょうか。それを説明した次の文の□にあてはまる言葉を、古文の中からぬき出しましょう。

帝の［　　　］が続いているために、源氏が［　　　］にとどまって葵の上のところに訪れないから。

(2) 線②「この君」とは、誰のことでしょうか。**大意**の中に出てくる人物名で答えましょう。

［　　　］

第25日

解答、解説

(1) (御)物忌《ものいみ》・内裏《うち》

キーワード解説で確認したように、「物忌《ものい》み」では、穢《けが》れを避けるために一定期間家に籠《こ》もるなどします。帝《みかど》は宮中が家なので、臣下たちも、宮中に籠もって寝泊まりです。そんな事情から、源氏が葵《あおい》の上《うえ》に会いに左大臣邸に行かないというのは不自然ではないのですが、政略結婚で、夫婦仲がよいとはいえないという背景からすると、左大臣家の人々も心配になってしまいますよね。

(2) 頭中将《とうのちゅうじょう》

四行目の「宮腹《みやばら》の中将は」から始まる文から、頭中将に関する説明が始まっていることを押さえましょう。——線②の「この君」の「この」は「宮腹の中将」を指すのです。注から頭中将は右大臣家の姫を正妻に迎えていることがわかることも、ヒントになります。ちなみに、葵の上の兄である頭中将は、源氏といつも行動をともにしていました。源氏にとって彼は、義兄であり親友であり、恋のライバルでもあります。

この後の物語は…

宮中に籠もっていた長雨の夜、頭中将や左馬頭《さまのかみ》、藤式部丞《とうしきぶのじょう》が来て、それぞれ恋愛体験を語り、どんな女性がよい女性なのかということを話し合います。【第二帖《じょう》「帚木《ははきぎ》」】

さらに続き

上流階級より中流階級の中によい女性がいることを教わった源氏。この雨の夜の話が、空蟬《うつせみ》や夕顔《ゆうがお》などの中流階級の女性への「ちょっかい」につながるのです。

読んだ日　月　日

方違え《かたたがえ》

≫ 違う方角から行こう

キーワード解説

方違え

かたたがえ

方位を忌《い》むというのは、陰陽道《おんみょうどう》による平安貴族独特の習慣です。陰陽道の祭神である天一神《なかがみ》（中神）は、吉凶禍福をつかさどり、悪い方角を防ぎ守ります。中神が仏とともに天上中央にいる期間は、人はどこに行っても大丈夫です。しかし天から下りてきて、八方を順次巡行する期間もあります。この期間に、この神のいる方角は「塞《ふさ》がり」として忌み、「方違え《かたたがえ》」をしなければいけません。暦をみて出かける方角が悪い場合は、その方角を避けて、別の方角の家にいったん泊まって翌日目的地に向かうのです。「方」角を「違《たが》」える、ということですね。また泊まったときには、定められた呪文を唱える必要もありました。

中神は移動するので、忌む方角を確認する方法は複雑です。平安貴族たちは、陰陽師《おんみょうじ》に訊《たず》ねなければ、おちおち出かけられなかったのですよ。今でも「行くと悪いことが起こる場所」という意味で鬼門という言葉を使いますが、方違えの感覚が現代に残っていると言えるでしょう。

第26日

家に帰れないからどこへ行こう

●源氏17歳
●正妻…葵の上

帝《みかど》の物忌《ものい》みで宮中に籠《こ》もっていた源氏は、ようやく正妻の葵《あおい》の上《うえ》に会いに行きます。もとから打ち解けてくれない葵の上ですが、この日もよそよそしく、中流階級の女性のよさを聞いたばかりの源氏は物足りず…。暗くなるころに左大臣邸をあとにしようとします。

暗くなるほどに、（お供の者）**「今宵《こよい》、中神《なかがみ》*、内裏《うち》《宮中》より塞《ふた》がりてはべりけり《塞がっておりました》」と聞こゆ《申し上げる》。**（源氏）**「二条院*にも同じ筋にて、いづくにか違《たが》へむ《どこに方違《かたたが》えしたものか》。さかし《いかにも》、例は①忌《い》みたまふ方《かた》なりけり。いとなやましきに」とて、大殿籠《おおとのごも》れり《お休みになってしまう》。「いとあしきことなり」と、これかれ聞こゆ。「紀伊守《きのかみ》にて親しく仕《つか》うまつる人の、中川のわたりなる家なむ、このごろ水堰《せ》き入《い》れて、涼しき蔭《かげ》にはべる」と聞こゆ《申し上げる》。**（源氏）**「②いとよかなり。なやましきに《大儀だから》、牛ながら引き入れつべからむ所を」とのたまふ。**

＊中神…陰陽道《おんみょうどう》の祭神。　＊二条院…源氏の自宅。

大意　暗くなるころに、お供の者が「今夜は中神が宮中から塞がっております。」と申し上げます。いかにも、避けるべき方角なのでした。源氏は「うちに帰ろうにも同じ方角だし、どこに方違えしたものか。大変だ。」と困ってしまい、お休みになってしまいました。「本当によくないことです。」と、周りの者も言っています。お供の一人が「親しくしている紀伊守の、中川のあたりの家が水を堰き入れて、涼しい木陰になっています。」と申し上げると、源氏は「誠にいいね。大儀だから、牛ごと車を引き入れられる所がいいね。」と言います。

上の古文を読んで、考えてみましょう

(1) ——線①「忌みたまふ方」とありますが、「方」はどういう意味ですか。**大意**の中から答えましょう。また、この「方」と同じ意味の語を、古文の中から一字でぬき出しましょう。

意味 [　　　　]

同じ意味の語 [　]

(2) ——線②「いとよかなり」とありますが、源氏は誰の家に方違えをしようとしていますか。**大意**の中から答えましょう。

[　　　　]

第26日

解答、解説

(1)

【意味】方角　【同じ意味の語】筋

中神《なかがみ》がいる【方角】は「塞《ふさ》がり」と称して忌《い》み、そちらの【方角】に行くことはできませんでしたね。源氏は「自宅の二条院も同じ方角だからどこに方違《かたたが》えしたものか」と困っています。この発言の中から、「同じ筋」に着目しましょう。「筋」は「線」という意味はもちろん「血統」「気質」「理由」「方角」という意味をもつ語です。なお、平安貴族にとっては方違えをすることは当たり前のことでした。

(2)

紀伊守《きのかみ》

方違えの場所が決まらず動けなかった源氏は、紀伊守が、中川のあたりで水を堰《せ》き入《い》れた涼しい家を持っていることをお供の一人から聞いて喜びます。源氏はそこの家に行こうと決めたのです。源氏の「牛ながら引き入れ」という言葉は、目下のところを訪れるときは、門のところで車から降りず、そのまま車を引き入れるものだったことによります。

この後の物語は…

源氏が訪れた紀伊守の家には、紀伊守の父である伊予守《いよのかみ》の家の忌《い》みごとの事情で女たちが移ってきていました。その中には伊予守の若い後妻・空蟬《うつせみ》がいたのです。

【第二帖「帚木《ははきぎ》」】

さらに続き

中流階級の女性のすばらしさを聞いていた源氏は、空蟬に興味をもち…？

第6日（27ページ）の場面に続きます。

読んだ日　　月　　日

病と死の穢れ《やまいとしのけがれ》

平安貴族の恐いもの

キーワード解説

病《やまい》と死《し》の穢《けが》れ

平安時代、病気は物の怪《もののけ》（生霊、死霊、怨霊など）がたたることで起こると信じられていました。物の怪を追い出せば、病気は治るとされていたのです。病気になると神や仏に祈りを捧げて、物の怪を追い払う呪術がおこなわれました。これが加持祈祷《かじきとう》です。加持・祈祷を行うのは験者《げんざ》と陰陽師《おんみょうじ》です。験者は知識に優れていた僧侶で、陰陽師は陰陽寮（陰陽道をつかさどる役所）に所属していた人たちです。

平安貴族は「死」を穢れとして、とても恐れました。もうすぐ死んでしまう人は、家の外に出されて別の場所で息を引き取るということが一般的でした。人が死ぬところに居合わせたり、死んだ人に触れたりすることは忌《い》み嫌われました。

「葬式・服喪」の回でも触れましたが、平安貴族たちは死の穢れに敏感です。近親者でなくとも、死の穢れに触れると三十日間家に籠《こ》もらなければなりません。喪中は神事が多い宮中へ行くことはNGです。もし行ってしまえば、宮中を死の穢れで汚染してしまうことになるのです。

第27日

恋人の死で気が動転して…

恋人である夕顔《ゆうがお》が目の前で物の怪《け》にとり憑《つ》かれて死んでしまい、源氏は気が動転。体調も崩し、起き上がれなくなった源氏を心配して、桐壺帝《きりつぼてい》が使者を寄こしました。以下は、スキャンダルを恐れて本当のことが言えない源氏の、使者に対する嘘《うそ》の言い訳です。

● 源氏17歳
● 正妻…葵の上
● 恋人…夕顔、六条御息所

「乳母《めのと》にてはべる者の、この五月《さつき》のころほひより重くわづらひはべりしが、頭《かしら》剃《そ》り《剃髪《ていはつ》して》忌《い》むこと受け《戒を受け》などして、そのしるし《効果》にやよみがへりたりしを、このごろまた起こりて、弱くなんなりにたる、いま一たび①とぶらひ見よ《見舞ってほしい》と申したりしかば、いときなきより《幼いころから》なづさひし《なじんできていた》者の、いまはのきざみ《臨終の際》につらしとや思はんと思うたまへてまかれりしに、その家なりける下人《しもびと》の病しけるが、にはかに出《い》であへで亡くなりにける《他に移す間もなく急死した》を、怖《お》ぢ憚《はばか》り《（私に）遠慮して》て、日を暮らしてなむとり出《い》ではべりけるを聞きつけはべりしかば、神事《かんわざ》なるころいと不便《ふびん》なることと思ひたまへかしこまりて②え参らぬなり《参ることができないのです》。この暁より、咳病《しわぶきやみ》《風邪》にやはべらん、頭《かしら》いと痛くて苦しくはべれば、いと無礼《むらい》にて聞こゆること」などのたまふ。

大意 源氏は「乳母が、五月ごろから重い病を患っていましたが、髪を剃り受戒して、病が癒えましたのに、また病が起こって、衰弱し、もう一度見舞ってほしいと申したので、幼いころからなじんできていた者の臨終の際に薄情だと思うだろうと思って出かけました。その家にいる下人が急に容態が悪くなって他に移す間もなく急死したのを、私に遠慮して、日が暮れてから遺体を取り出しました。そのことを聞いたので、宮中で神事が多い時期に遠慮して、参内できないのです。今朝の明け方から、風邪でしょうか、頭がひどく痛くて苦しくございます。」と言います。

上の古文を読んで、考えてみましょう

(1) ━線①「とぶらひ見よ」とありますが、誰が誰に「見舞ってほしい」と言ってきたのでしょうか。人物名で答えましょう。

□ が □ に。

(2) ━線②「え参らぬなり」とありますが、源氏は宮中に行けない理由をどのように説明していますか。**大意**と92ページを参考に考えましょう。

□

第27日

解答、解説

(1)

乳母《めのと》〔が〕源氏〔に。〕

一行目に「乳母」とあります。乳母とは、実母の代わりに、子供に母乳を与えて養育する係のことです。平安貴族の間では、乳母をおくことが一般的で、授乳だけでなく養育も行っていました。この乳母が、「重くわづらひ」、一度快復したものの、再び「弱く」なってしまったので、見舞ってほしいと言ってきたというのです。

(2)

例 乳母の家で（下人《しもびと》の）死の穢《けが》れに触れてしまったから。

見舞いに寄った乳母宅で「（下人が）にはかに出《い》であへで亡くなりにける」と源氏は使者に語っています。下人（＝召使い）は病気になると、主家の者たちを穢れに触れさせないために、他の場所に移されますが、この時は急死であったため間に合わず、また源氏が来ていたので遠慮して、人目につかない夜に亡骸《なきがら》を移したと言うのです。源氏は、下人の死の穢れに触れたことを理由に宮中に行けないと言っています。本当は亡くなったのは恋人の夕顔《ゆうがお》なのですが、下人と嘘《うそ》をついているのです。

この後の物語は…

なんとか世間に知られることなく夕顔の葬儀を終えた源氏は、夕顔が頭中将《とうのちゅうじょう》の元恋人だったことを知ります。

【第四帖《じょう》「夕顔《ゆうがお》」】

さらに続き

夕顔の死のショックから病気になった源氏は、加持《かじ》を受けるために北山の老僧を訪ねます。その山の僧坊で女の姿を見かけた源氏は小柴垣《こしばがき》からのぞき見をし、十歳くらいの美少女に目をとめるのでした…。

読んだ日　月　日

時間と方位《じかんとほうい》

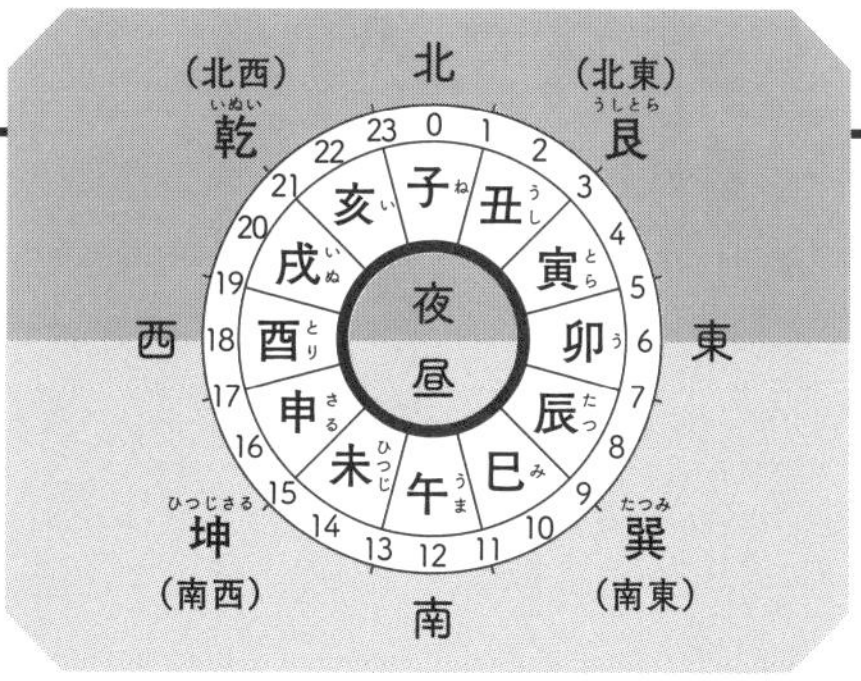
北
（北西）
乾《いぬい》
（北東）
艮《うしとら》
23 0 1 2 3 4 5 6 7 8 9 10 11 12 13 14 15 16 17 18 19 20 21 22
子《ね》 丑《うし》 寅《とら》 卯《う》 辰《たつ》 巳《み》 午《うま》 未《ひつじ》 申《さる》 酉《とり》 戌《いぬ》 亥《い》
夜
昼
西
東
坤《ひつじさる》
（南西）
巽《たつみ》
（南東）
南

「草木も眠る丑三《うし》つ時」の「丑」は、午前一時～三時ごろだよ
十二支って便利だよね～！
？
そう？
アバウトすぎて待ち合わせしづらくない？

今と違う時間

キーワード解説

時間《じかん》と方位《ほうい》

古典作品を読んでいると、「子《ね》の刻《とき》」や「卯《う》の刻」など、「だから何時なんだよ」と言いたくなる時間表記が出てきますよね。わかりづらいのは仕方ありません。当時は一日を十二に等分し、午前零時を「子《ね》」として、二時間ごとに十二支を当てていたのです。なので、「子《ね》の刻」は…真夜中ですね。十二支が大活躍なのは、方位も一緒です。北を「子《ね》」として、それぞれの方位に十二支を当てました。

また、一年の暦も、現在とは異なります。当時は月の満ち欠けを主な基準とした「陰暦（旧暦）」を採用していました。実は、この「陰暦」は、太陽の運行をもとにした現在の「太陽暦」とちょっと季節がずれます。例えば、太陽暦の一月はまだまだ冬ですが、陰暦の一月は現在の二月あたりです。

月の名前も、現在のように「いちがつ、にがつ…」ではなく「睦月《むつき》、如月《きさらぎ》、弥生《やよい》、卯月《うづき》、皐月《さつき》、水無月《みなづき》、文月《ふみつき》《ふづき》、葉月《はづき》、長月《ながつき》、神無月《かんなづき》《かみなづき》、霜月《しもつき》、師走《しわす》」なので、しっかりと押さえましょう。

●定時法と方位

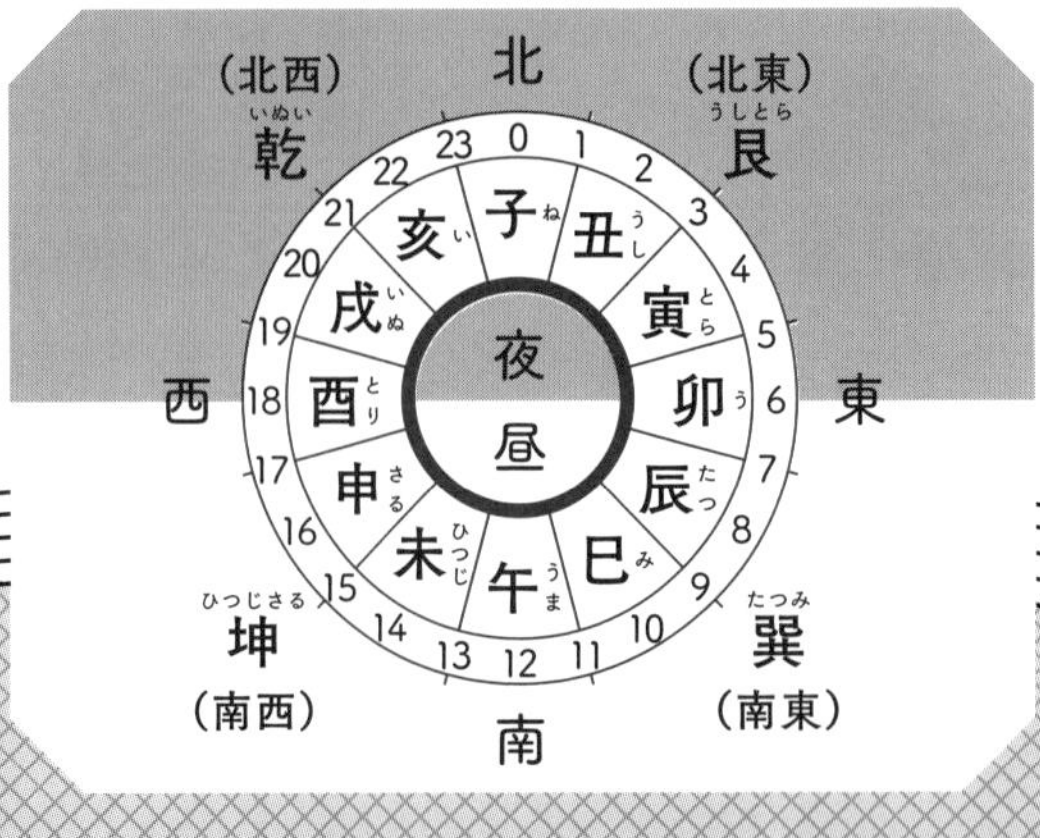

● 源氏3歳
※ 父は桐壺帝。母である桐壺更衣は死去。

第28日 愛《いと》しの亡き人よ

寵姫《ちょうき》だった桐壺更衣《きりつぼのこうい》が亡くなってしまい、桐壺帝《きりつぼてい》（帝《みかど》）は、悲しみに暮れる毎日を過ごしています。

月も入《い》りぬ。

（帝）雲のうへも涙にくるる秋の月いかですむらん浅茅生《あさじふ》の宿

思《おぼ》しめしやりつつ、灯火《ともしび》を挑《かか》げ尽くして起きおはします。*右近《うこん》の司《つかさ》の*宿直奏《とのいもうし》の声聞こゆるは、丑《うし》になりぬるなるべし。人目を思して夜の御殿《おとど》に入《い》らせたまひても、まどろませたまふことかたし。朝《あした》に起きさせたまふとても、明くるも知らでと思し出《い》づるにも、なほ朝政《あさまつりごと》は怠らせたまひぬべかめり。

雲のうへ：宮中という意味と実際の雲を掛けている
浅茅生の宿：荒れた宿
かたし：難しい
明くるも知らで：（桐壺更衣が生きていたころは）夜が明けるのも知らないで（いたのに）

*右近の司…宮中の警護を行う役所の官。
*宿直奏の声…宮中に宿泊して警護をする担当者が自分の姓名を名乗る声。

大意　月も沈みました。桐壺帝は、「雲の上の宮中でさえ涙にくれてよく見えない秋の月です。まして、荒れた宿ならば、どうして見えるでしょう。」と歌を詠み、荒れた宿を思います。灯火の油が尽きるまで起きています。警護の役人が自分の姓名を告げる声が聞こえたのは、もう丑の時になっているからでしょう。人目を気にして自分の寝所に戻っても、うとうと眠ることさえ難しいのです。朝になって起きても、桐壺更衣が生きていたころは夜が明けるのも知らないで寝ていたのにと思い出すにつけても、やはり朝の公務は怠ってしまいそうです。

上の古文を読んで、考えてみましょう

(1) ━線「丑になりぬるなるべし」とありますが、どういうことでしょうか。

ア　もう午前一時になってしまったということ。
イ　警護の役人が太りすぎているということ。
ウ　眠っていないのに朝になったということ。

[　　]

(2) 本文からは、どのようなことがわかりますか。それを説明した次の文の[　　]にあてはまる言葉を書きましょう。

・桐壺帝は桐壺更衣をしのんでおり、[　　]し、仕事も手につかないこと。

[　　]

第28日

解答、解説

(1) ア もう午前一時になってしまったということ。

キーワード解説で確認したように、当時は「子《ね》」を午前〇時として、二時間ごとに十二支を当てていたのですね。つまり、「丑《うし》」は午前一時から三時のことです。「丑の刻《とき》」と言わず「丑」とだけ書かれることも多いので、前後の文から時間を意味していることをしっかりと押さえる必要があります。こんな時間まで、桐壺帝《きりつぼてい》は起きていたのですね。

(2) 例 夜も眠れない

源氏の母である桐壺更衣《きりつぼのこうい》は、身分が低いながらも桐壺帝の寵愛《ちょうあい》を一身に受けていました。その桐壺更衣が亡くなって、桐壺帝は「丑になりぬるなるべし」という時間まで起きているし、寝所に入っても「まどろませたまふことかたし」なのです。公務は「怠」ってしまうし、何よりさっぱり眠れない毎日を過ごしているのです…。

この後の物語は…

愛《いと》しの寵姫《ちょうき》の忘れ形見である若宮（源氏）は、美しく成長します。若宮はある日、人相で占いをする人に「国の親となる」という予言をされます。

【第一帖《じょう》「桐壺《きりつぼ》」】

さらに続き

時が流れても一向に桐壺更衣を忘れることができない帝《みかど》。そんなある日、桐壺更衣に瓜二つの藤壺《ふじつぼ》が入内《じゅだい》することになります。若宮も、亡き母そっくりの彼女を慕いますが…。

読んだ日　　月　　日

行事《ぎょうじ》

四季折々のイベント

キーワード解説

行事

ぎょうじ

平安貴族は四季の行事を大切にしてきました。正月には邪気払いのために天皇が白馬《あおうま》をご覧になる「白馬節会《あおうまのせちえ》」や、新年を祝って歌舞を行う「踏歌節会《とうかのせちえ》」がありました。四月に行われる「賀茂祭《かもまつり》」は上賀茂《かみがも》・下鴨《しもがも》両神社の祭礼です。祭人の冠や牛車を葵《あおい》で飾るので、別名「葵祭《あおいまつり》」ともいい、都中から見物人が集まる華やかなお祭りでした。三月には川に人形を流して禊《みそぎ》をする「上巳《じょうし》の祓《はらえ》」が行われました。現代のひな祭りに通じるものです。十一月には天皇がその年にとれた穀物を神様にそなえ、自らも召し上がる「新《にい》嘗祭《なめのまつり》」があります。四人（天皇が即位後初めて行う新嘗祭〈大嘗祭《おおにえのまつり》〉では五人）の貴族の娘たちが舞姫に選ばれて華やかに舞う五節舞《ごせちのまい》も行われ、男女ともに楽しみな行事の一つでした。十二月には、大晦日《おおみそか》の夜、新年を迎えるために鬼を追い払う「追儺《ついな》」という行事がありました。現代の節分ですね。

また、月や桜を愛《め》でるための宴《うたげ》も催されていました。平安貴族の宴は、和歌や漢詩を作って詠み合ったり、管絃《かんげん》の演奏をしたり、舞を舞ったりして楽しむものでした。

おにはそと～！
怖い面で鬼を追いはらう！
待て～～!!
面をつけた人が追われる
現代
平安時代

第29日 晴れがましい花見の宴《えん》

- ●源氏20歳
- ●正妻…葵の上
- ●恋人…六条御息所など

源氏との不義の子を産み、中宮となった藤壺《ふじつぼ》。源氏に似ていく息子を見て、藤壺は苦しい気持ちでいっぱいです。さて二月、宮中では桜の花をめでる宴が開かれました。

二月《きさらぎ》の二十日あまり、南殿《なでん》の桜の宴《えん》せさせたまふ。后《きさき》、春宮《とうぐう》の御局《つぼね》、左右《さゆう》にして参上《もうのぼ》りたまふ。弘徽殿女御《こきでんのにょうご》、中宮のかくておはするををりふしごとに安からず思《おぼ》せど、物見《ものみ》にはえ過ぐしたまはで参りたまふ。日いとよく晴れて、空のけしき、鳥の声も心地よげなるに、親王《みこ》たち、*上達部《かんだちめ》よりはじめて、その道のはみな*探韻賜《たんいんたまわ》りて文《ふみ》作りたまふ。宰相中将《さいしょうのちゅうじょう》、★「春といふ文字賜れり」とのたまふ声さへ、例の、人にことなり。次に頭中将《とうのちゅうじょう》、人の目移しもただならずおぼゆべかめれど、いとめやすくもてしづめて、声《こわ》づかひなどものものしくすぐれたり。

南殿の桜の宴
后　藤壺
春宮　東宮。皇太子
御局　座所
中宮　藤壺のこと
をりふしごとに　ことあるごとに
安からず　不快に
え過ぐしたまはで　じっとしていられず
文　漢詩
宰相中将　源氏のこと
のたまふ声さへ　おっしゃる声までも
人に　他の人とは
ことなり　異なってすばらしい
ただならず　不安
おぼゆべかめれど　思っていましたが
めやすく　好ましく
しづめて　落ち着いて
ものものしくすぐれたり　堂々として立派である

＊上達部…三位以上の貴族。天皇の御殿に昇殿を許された人たち。
＊探韻…自分で選んだ韻字のこと。各自が字を選んで、その字で韻を踏んで漢詩を作る遊びをしている。

大意　二月二十日ごろ、南殿の桜の宴が開かれます。藤壺と東宮の御座所を玉座の左右に設け、二人がのぼります。弘徽殿女御は、藤壺がこうして后として扱われているのを、ことあるごとに不快に思いますが、宴の見物だけは見過ごすことができず、参上します。その日は快晴で、空の様子、鳥の声も気持ちよさそうで、その道の人々は皆、韻字をいただいて漢詩を作ります。源氏は「春という文字をいただきました。」と言う声までも、他の人とは異なってすばらしいのです。頭中将は、源氏の次に人目につくのを不安に思っていましたが、とても好ましく落ち着いて、声づかいも堂々として立派でした。

上の古文を読んで、考えてみましょう

(1) ━線「南殿の桜の宴」とありますが、この宴で、源氏や頭中将は何を作るのでしょうか。古文の中から一字でぬき出しましょう。

□

(2) ★の源氏の発言に対し、頭中将はどう思ったでしょうか。

ア　人並み外れた、すばらしい声で、気おくれしてしまう。

イ　普通の声とは違い、不思議な様子で、不安になる。

ウ　声までもが常人離れしていて、立派なので誇らしい。

□

解答、解説

(1) 文《ふみ》

平安貴族の宴《うたげ》では、和歌や漢詩を作ったり、演奏したり、舞を舞ったりするのでしたね。本文では「文《ふみ》作りたまふ」とあります。「文」は手紙、漢詩などの意味があります。本文には「探韻《たんいん》」と書かれ、韻字を探し当てるという遊びが行われていることがわかります。韻を踏むのは漢詩の基本ですので、ここでの「文」は漢詩のことを指しています。

(2) ア 人並み外れた、すばらしい声で、気おくれしてしまう。

源氏の様子については、五～六行目に「例の、人にことなり」とあります。源氏は他の人とは比べようがないほどすばらしい声を出したのでした。源氏の次に頭中将《とうのちゅうじょう》も探韻をし、自分が当てた字を答えるのですが、六行目に「人の目移しもただならずおぼゆべかめれど」とあり、あまりに源氏がすばらしい様子だったので、その後に続く自分がどのように見られるか、比較されることを気にしていることがわかります。正解は**ア**。

この後の物語は…

桜の花の宴で、源氏と頭中将はそれぞれ舞も披露します。桐《きり》壺帝《つぼてい》はこのうえなく満足げな様子。源氏とただならぬ関係になった藤壺《ふじつぼ》は、それを複雑な気持ちで見ているのでした。

【第八帖《じょう》「花宴《はなのえん》」】

さらに続き

宴が終わった後、どこからともなく女性の歌う声が聞こえてきて…？

第10日（39ページ）の場面に続きます。

第30日

見知らぬ海を渡って

●源氏27歳
●正妻格…紫の上

宮中での立場があやうくなってしまった源氏は、自ら都を離れ、しばらく遠い須磨《すま》の地で暮らすことにしました。わびしい田舎暮らしの中、三月になり、上巳《じょうし》の禊《みそぎ》の日を迎えました。

弥生《やよい》《三月》の朔日《ついたち》《初めの日》に出《い》で来たる巳《み》の日、「今日なむ、かく思《おぼ》すことある人《ご心労がある》は、禊《みそぎ》したまふべき」と、なまさかしき《こざかしい》人の聞こゆれば《申し上げるので》、海づらもゆかしうて《見たく思って》出でたまふ。いとおろそかに《簡素に》、＊軟障《ぜじょう》ばかりを引きめぐらして、この国に通ひける陰陽師《おんみょうじ》召して、祓《はらえ》せさせたまふ。舟にことごとしき《仰々しい》人形《ひとがた》のせて流すを見たまふにも、よそへられて《わが身になぞらえて》、

（源氏）★知らざりし大海《おおうみ》の原に流れきてひとかたにやはものは悲しき

とてゐたまへる御さま、さる晴《はれ》に出でて、言ふよしなく《言いようもないほど素晴らしく》見えたまふ。

＊軟障…垂れ布を使った仕切り。

大意 三月の初めの巳の日に、「今日はこのようにご心労のある方は、禊をなさるのがようございます。」と、こざかしい人が言うので、源氏は海辺の景色も見たく思って出かけます。とても簡素に垂れ布を張りめぐらして、この須磨の国に通ってくる陰陽師を呼んで、お祓《はら》いをさせました。舟には仰々しい人形を乗せて流すのを見て、源氏はわが身になぞらえて、「まだ知らない大海原に人形のように流れ来て、一通りに悲しいのであろうか、いや、悲しみは並一通りではないことだよ。」と詠んで座っていました。その様子は、こうした晴れ晴れとした所に出て、言いようもないほど素晴らしく見えました。

上の古文を読んで、考えてみましょう

(1) ━線「よそへられて」とありますが、源氏はなぜ自分の身を人形に「なぞらえ」たのでしょうか。

ア　自分も人形も、お祓いを受けなければならないから。

イ　自分も人形も、大きな態度を取っているから。

ウ　自分も人形も、はるか遠くに流されたから。

□

(2) ★の和歌から、「上巳の禊」の行事に関連する言葉をぬき出しましょう。

□

解答、解説

(1)

ウ　自分も人形も、はるか遠くに流されたから。

源氏と人形の共通点を考えましょう。人形は、船に乗せられ、川や海に流されます。源氏の現在の状況を本文のリード文で確認すると、都から離れ、遠い須磨《すま》の地に流れ着いてきたことがわかります。よって、ウが正解。源氏は、アのようにお祓《はら》いを受けなければならない存在ではありませんし、イのように大きな態度を取っているわけでもありません。

(2)

ひとかた

「上巳《じょうし》の禊《みそぎ》」は、三月の最初の巳《み》の日に、川や海などの水辺で行われます。自分の身を清める行事で、陰陽師《おんみょうじ》による祈祷《きとう》が行われるほか、人形を作り、自分の穢《けが》れを人形にたくして、船に乗せて流す儀式が行われます。和歌中の「ひとかた」は漢字で書くと「人形」。四行目の「人形《ひとがた》のせて」をヒントに解答しましょう。和歌中の「ひとかた」は「一《ひと》方《かた》(＝一通りに。並々に)」という語としても用いられています。

この後の物語は…

源氏がさらに歌を詠むと、波風が激しくなり、暴風雨となったので、慌てて家に帰ります。【第十二帖《じょう》「須磨《すま》」】

さらに続き

ある日、源氏の夢に、亡き桐《きり》壺院《つぼいん》が現れ、はやくここを去りなさいとのお告げがありました。明け方、明石《あかし》に住む入道の船がやってきます。入道は住吉の神のお告げで、源氏を明石に迎え入れるためにやってきたと言うのでした。

第31日 着飾る人たちの中で

●源氏22歳
●正妻…葵の上
●恋人…六条御息所など

源氏は賀茂祭《かもまつり》の御禊《ごけい》の日、行列に参加することが決まりました。御禊を見物に来た六条《ろくじょう》御息所《みやすどころ》の車と葵《あおい》の上《うえ》の車は、場所争いで従者同士がケンカになってしまいました。そんなこともつゆしらず、源氏は御禊の行列に参加します。

ほどほどにつけて、装束、人のありさまいみじくととのへたりと見ゆる中にも、上*達部《かんだちめ》はいとことなるを、一《ひと》ところの御光にはおし消たれためり。大将の御*仮の随身《ずいじん》になるを、殿上の将*監《ぞう》などのすることは常のことにもあらず、めづらしき行幸《ぎょうごう》などのをりのわざなるを、今日は右*近の蔵人《くろうど》の将監《ぞう》仕うまつれり。さらぬ御随身どもも、容貌《かたち》姿まばゆくととのへて、世にもてかしづかれたまへるさま、木草もなびかぬはあるまじげなり。

ほどほどにつけて…身分に応じて
いみじく…たいそう立派に
ことなる…格別
一ところ…源氏お一方
大将…源氏のこと
もてかしづかれたまへる…大切にされている
木草もなびかぬはあるまじげなり…なびかないものはないほどだったのです

＊上達部…三位以上の貴族。天皇の御殿に昇殿を許された人たち。
＊御仮の随身…特別の時の、臨時の護衛。
＊将監…近衛《このえ》府の判官。警護を務める。　＊右近の蔵人…右近衛府の将監で、六位の蔵人も兼ねる者。

大意 行列に奉仕する人たちが身分に応じて、装束や供の人の様子をたいそう立派に整えていると見える中でも、上達部は本当に格別でしたが、源氏お一方の輝くほどの美しさに、みなうち消されたようになっていました。源氏の臨時の御随身に、殿上人の将監などが務めることは通常のことではなく、特別の行幸などの場合なのですが、今日は右近の蔵人の将監が奉仕しているのでした。その他の御随身どもも、容貌、姿をまばゆいくらいに装って、世間から大切にされている源氏のご様子は、人の心をもたない木や草もなびかないものはないほどだったのです。

上の古文を読んで、考えてみましょう

(1) 賀茂祭では、人々はどのように行列に参加しましたか。次の説明に入る言葉を、古文の中から二字でぬき出しましょう。

□□や供の人を整えて参加した。

(2) 源氏の様子は人々の目にはどのように映ったのでしょうか。

ア いつもと様子が違って、不自然だった。
イ 大勢にまじって、影が薄くなっていた。
ウ 特別に立派で、とても光り輝いて見えた。

□

解答、解説

(1) 装束

賀茂祭《かもまつり》は、都の一大イベントでした。「祭」と言えば、古文では賀茂祭のことを指すぐらいに有名で、身分を問わず多くの人が見物に来るのでした。多くの人に見られるので、行列に参加する人たちは、外見を整えてのぞみます。本文中では、「装束」「容貌姿《かたち》」が外見のことですね。ちなみに賀茂祭では、髪や車に葵《あおい》を飾ることが慣例だったので、葵祭《あおいまつり》とも呼ばれています。現代にも続く祭で、今では「葵祭」の言い方のほうが有名ですね。

(2) ウ　特別に立派で、とても光り輝いて見えた。

賀茂祭は特別な行事でしたから、行列に参加する人たちははりきって装いを整えました。中でも二行目に「一《ひと》ところの御光」とあるように、源氏は光り輝いて見えたのです。余りの輝きに、他の人たちは「おし消たれためり」と、打ち消されたようになってしまったのでした。よって正解はウ。影が薄くなったのは、源氏ではなく他の上達部《かんだちめ》です。

この後の物語は…

【第九帖《じょう》「葵《あおい》」】

葵《あおい》の上《うえ》と六条御息所《ろくじょうのみやすどころ》の車争いを知った源氏は、六条御息所を慰めようとお見舞いに行きます。しかし六条御息所の心は晴れることはないようで…。

さらに続き

とうとう葵の上の出産のときとなりましたが、物《もの》の怪《け》がとり憑《つ》いてしまったようで、苦しんでいます。その物の怪は、どうやら六条御息所の生霊だったようです…。

第32日

うちの舞姫がいちばん！

源氏の息子、夕霧《ゆうぎり》が元服しました。夕霧は幼なじみの雲居雁《くもいのかり》と結ばれたいと思いますが、雲居雁の父、内大臣《ないだいじん》（元・頭中将《とうのちゅうじょう》）の許しが得られず、なかなか恋は実りません。宮中では、新嘗祭《にいなめのまつり》の準備が始まろうとしていました。

- 源氏33歳
- 正妻格…紫の上
- 妻…花散里、明石の君

大殿《源氏のこと》には今年五節《ごせち》奉り《五節の舞姫（を）》たまふ。何ばかりの御いそぎ《用意》ならねど、童《わらわ》べの装束など、近うなりぬとて急ぎせさせ《作らせるのでした》たまふ。東の院《花散里《はなちるさと》のこと》には、参りの夜の人々の装束せさせたまふ。殿には、おほかた《全般》のことども、＊中宮《秋好中宮《あきこのむちゅうぐう》のこと》よりも、童、下仕《しもづかえ》の料《装束》などえならで《並大抵ではなく立派に》奉れたまへり。過ぎにし年《昨年》、＊五節などとまれりしが、さうざうしかりし積もりも取り添へ《寂しかった気持ちも加わり》、上人《うえびと》《殿上人》の心地も常よりもはなやかに思ふべかめる年なれば、所どころいどみて《（舞姫を出す）家々が競って》、いといみじく《立派に》よろづを尽くしたまふ聞こえあり。

＊中宮…秋好中宮は、六条御息所《ろくじょうのみやすどころ》の娘で、源氏と藤壺《ふじつぼ》の不義の子である冷泉帝《れいぜいてい》の后《きさき》である。
＊五節などとまれりしが…昨年は藤壺《ふじつぼ》の服喪で、五節舞《ごせちのまい》は中止していた。

大意 源氏は今年、五節の舞姫を宮中に差し上げることになりました。たいした用意ではありませんが、お供の童女の装束など、期日も近いので急いで作らせるのでした。花散里は、舞姫が参内する夜にお供する人の装束を作らせます。源氏は全般的なことを、秋好中宮からは童女や下仕えの人々の装束などを、並大抵ではなく立派に整えて差し上げました。昨年は五節が停止になっていたので、寂しかった気持ちも加わり、殿上人の気分も例年よりはなやかにと思っている年なので、舞姫を出す家々が競って、立派に全力を尽くそうとしているとのことでした。

上の古文を読んで、考えてみましょう

(1) 本文中で、源氏は具体的に何をしたでしょうか。古文の中からぬき出しましょう。

［　　　］の舞姫を差し上るので、お供の童女の［　　　］などを作らせた。

(2) ━線「所どころいどみて」とありますが、何を競っているのでしょうか。

ア　どの家がいちばん舞姫の気分を盛り上げられるか。
イ　どの家の舞姫がいちばん美しく見えるか。
ウ　どの家の人が舞姫と結婚することができるか。

［　　　］

第32日

解答、解説

(1) 五節《ごせち》・装束

「新嘗祭《にいなめのまつり》」では、舞姫に選ばれた四人（五人のときも）の貴族の娘が舞を舞います。一行目にある「童《わらわ》べ」とは、舞姫に従う童女のこと。新嘗祭では、帝《みかど》が舞姫の行う五《ご》節舞《せちのまい》をご覧になるほか、童女をご覧になる「童女《わらわ》御覧の儀」もありました。そのため童女の装束も手を抜けません。他にも本文では、花散里《はなちるさと》や秋好中宮《あきこのむちゅうぐう》がお供の人や下仕えの人の装束も準備していることも書かれています。

(2) イ どの家の舞姫がいちばん美しく見えるか。

五節舞は、天皇および殿上人がご覧になります。また、天皇が即位後初めて行う新嘗祭（大嘗祭）では、舞姫には叙位があったのです。よって、五節の舞姫を出すということは、家の誇りになりました。今回は普通の新嘗祭ではありますが、昨年が中止だったために盛大に行われることになり、舞姫を出す家の者たちは張り切って準備をしているのです。

この後の物語は…

五節の舞姫を垣間見た夕霧《ゆうぎり》は、舞姫の一人にひとめぼれ。源氏の従者・惟光《これみつ》の娘です。恋文を送りますが…？

【第二十一帖《じょう》「少女《おとめ》」】

さらに続き

夕霧は宮中でお仕えすることになりますが、雲居雁《くもいのかり》のことが忘れられず、気も沈んでいます。一方源氏は六条院の邸宅を完成させ、紫《むらさき》の上《うえ》、花散里など、往年の妻たちを迎え入れます。

第33日 年の瀬に物思う

源氏最愛の妻、紫《むらさき》の上《うえ》が亡くなり一年が経《た》ちました。源氏は悲しみにくれ、何をしても心が慰められることはありません。源氏は出家をしようと身辺整理をし、紫の上からの手紙も燃やしてしまいました。そんな中、大晦日《おおみそか》がやってきました。

- 源氏52歳
- 子…夕霧、明石の中宮、薫
- 孫…匂宮

*年暮れぬと思《おぼ》すも心細きに、若宮の、「儺《な》やらはんに、*音高かるべきこと、何わざをせさせん」と、走り歩《あり》きたまふも、をかしき御ありさまを見ざらんことと、よろづに忍びがたし。

（若宮…匂宮《におうのみや》。源氏の孫　儺やらはんに…鬼やらいをする　何わざ…どうしたら　をせさせん…よいのでしょうか　をかしき…かわいい　見ざらんこと…見なくなること　忍びがたし…こらえがたい）

★（源氏）もの思ふと過ぐる月日も知らぬ間に年もわが世も今日や尽きぬる

（今日や尽きぬる…今日で終わってしまうのでしょうか）

朔日《ついたち》のほどのこと、常よりことなるべくとおきてさせたまふ。親王《みこ》たち、大臣《おとど》の御引出物《ひきいでもの》、品々の禄《ろく》どもなど二《に》なう思しまうけてとぞ。

（朔日のほどのこと…元日の行事　常よりことなるべく…格別なものになるように　禄…贈り物　二なう思しまうけて…またとないくらいに用意せよ）

＊年暮れぬ…今年も暮れてしまった。大晦日になったということ。
＊音高かるべきこと…追儺《ついな》の行事で、悪鬼を追い払うために大きな音を立てる。

大意 源氏は今年ももう暮れてしまったと思うのも心細いのに、匂宮が、「鬼やらいをするのに、大きな音を立てるには、どうしたらよいのでしょうか。」と言い走り回っているのも、かわいい姿をもう見なくなることだと、こらえがたい気持ちです。「物思いをして、月日の過ぎるのも知らない間に、今年も自分の人生も、出家するので、今日で最後になってしまうのでしょうか。」元日の行事は例年より格別なものになるように、と源氏は命じます。親王や大臣への引出物や、それぞれの人々の贈り物などを、またとないくらいに用意せよ、とのことでした。

上の古文を読んで、考えてみましょう

(1) ━線「年暮れぬ」とありますが、年の瀬に行うべき行事を、古文の中からぬき出しましょう。

□

(2) ★の和歌で、源氏は何を嘆いているのでしょうか。

ア 年の瀬に考える自分の出家について。
イ 匂宮に追いつけない老いた身について。
ウ 大声で追い払われてしまう鬼について。

□

解答、解説

(1) 儺《な》（やらはん）

追儺《ついな》は大晦日《おおみそか》に、悪鬼を退治し新年を迎えるための行事です。現代の節分でも豆まきをするように、鬼退治にはいくつかの作法がありました。古文では一行目に匂宮《におうのみや》が「音高かるべきこと」と言っているように、大きな声を出して追い払う作法があります。他にも、盾、矛、弓矢などを使って追い払う所作をしたりしました。

(2) ア 年の瀬に考える自分の出家について。

源氏は最愛の妻である紫《むらさき》の上《うえ》を失ったため、いよいよ出家を考え出しています。出家は俗世との関係を絶ち切る行為。年の終わりが近づくにつれ、自分の人生の終わりも考えるようになったのでした。よって正解は**ア**。匂宮は走り回っていますが、源氏はそれを追いかけているわけではないので**イ**は誤り。また鬼に対して同情しているという内容はないので**ウ**も誤りです。

この後の物語は…

源氏のその後は物語の中では語られません。この後は源氏亡き後、子孫たちの物語になります。

【第四十一帖《じょう》「幻《まぼろし》」】

さらに続き

源氏亡き後、中心人物は、源氏と女三《おんなさん》の宮《みや》の子として育てられた薫《かおる》と、明石《あかし》の中宮《ちゅうぐう》の息子（つまり源氏の孫）である匂宮。この二人と、宇治《うじ》に住む姫君たちの恋物語が展開していきます。

読んだ日　月　日

土地《とち》

京の都以外

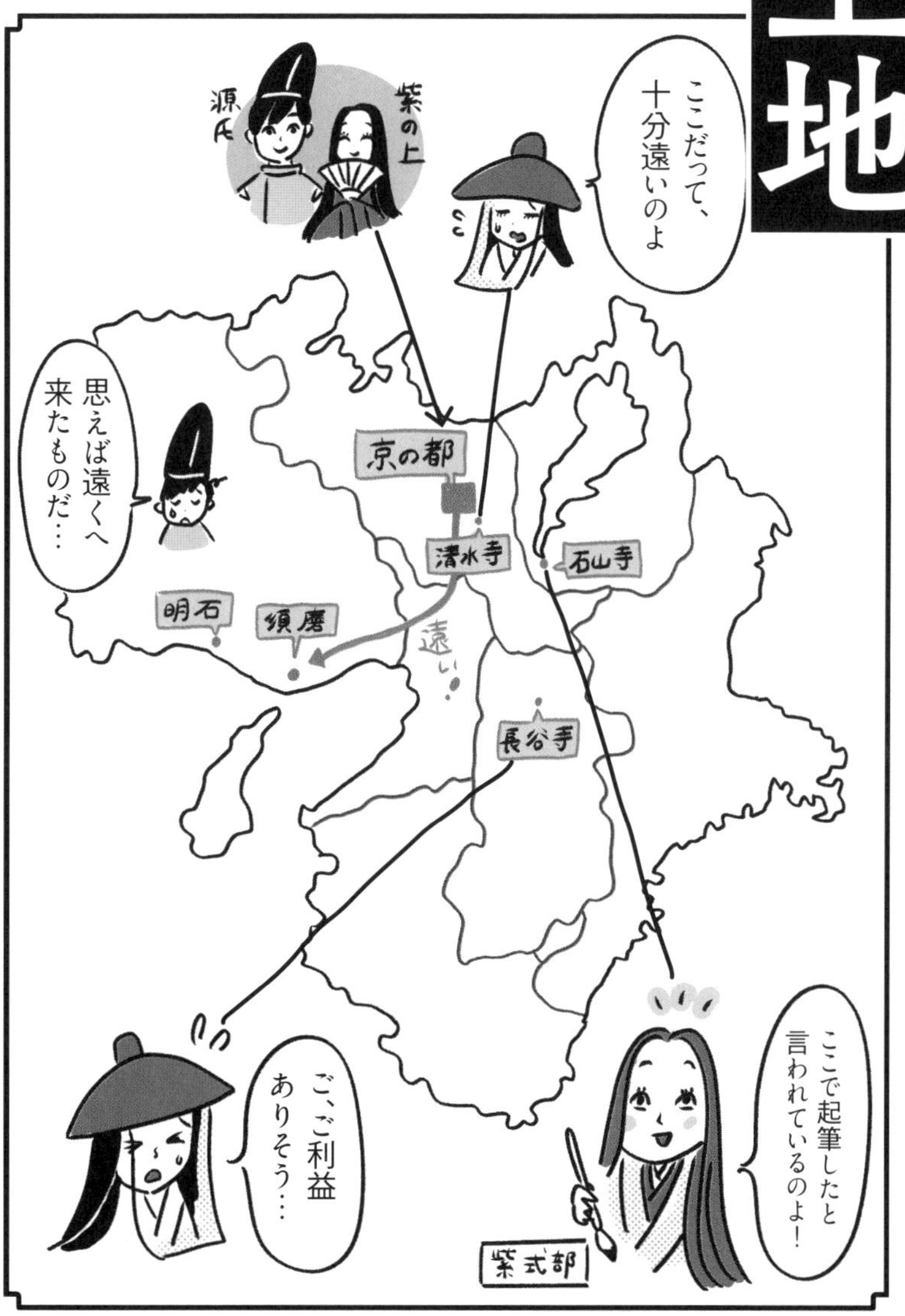

キーワード解説

土地《とち》

『源氏物語』の舞台は京都が中心となりますが、都を離れていても、物語の中で大きな意味をもつ土地はいくつかあります。

都の外に出る機会が多くない平安貴族にとって、神社仏閣にお参りする「物詣《ものもうで》」は貴重な外出の機会でした。特に石山寺《いしやまでら》（滋賀県）、長谷寺《はせでら》（初瀬《はつせ》ともいう。奈良県）、清水寺《きよみずでら》（京都府）は三大観音といわれ、物詣の名所になっていました。石山寺は、紫式部《むらさきしきぶ》が新しい物語の着想を得るために参拝し、『源氏物語』の一部が浮かんだという伝説も残っています。

須磨《すま》、明石《あかし》（ともに兵庫県）も、『源氏物語』に大きな影響を与えた土地です。政敵右大臣家の娘であり、天皇の妻候補である朧月夜《おぼろづきよ》との恋がばれてしまった源氏は、右大臣家の圧力が及ぶ前に、自ら都を離れ、須磨、そして明石へと下っていきます。当時、須磨は流刑《るけい》地、明石は都落ちした貴族の住む所というイメージがあり、さびれた田舎であると考えられていました。源氏も須磨、明石での生活は田舎びたものだと感じ、後に妻となる明石《あかし》の君《きみ》も自分が田舎生まれであることに長らくコンプレックスを抱くのでした。

どうせわたしは田舎出身…
大丈夫！
それ以外はカンペキだよ！
コラー！

第34日 どうか御利益がありますように

源氏の亡き恋人である夕顔《ゆうがお》と、源氏のライバルである頭中将《とうのちゅうじょう》の間には娘がいます。それが、玉鬘《たまかずら》です。玉鬘は、筑紫《ちくし》の国に下り乳母《うば》に育てられていましたが、ある豪族の強引な求婚に困り果て、乳母や、乳母の長男である豊後介《ぶんごのすけ》らと都へ逃亡することにしました。

●源氏35歳
●正妻格…紫の上
●妻…花散里、明石の君

（豊後介）「うち次ぎては＊、仏の御中には、初瀬《はつせ》なむ、日本《ひのもと》の中にはあらたなる験《しるし》あらはしたまふと、唐土《もろこし》にだに聞こえあむなり。ましてわが国の中《うち》にこそ、遠き国の境《さかい》とても、年経《へ》たまひつれば、若君をばまして恵みたまひてん」とて、出《い》だし立てたてまつる。ことさらに徒歩《かち》＊よりと定めたり。ならはぬ心地にいとわびしく苦しけれど、人の言ふままにものもおぼえで歩みたまふ。

唐土：中国
聞こえ：評判
遠き国：地方
年経たまひつれば：長年お住みになった
若君：玉鬘のこと
恵みたまひてん：御利益を恵んでくださるでしょう
出だし立てたてまつる：（初瀬へ）出発いたします
ことさらに：わざわざ
ならはぬ心地に：慣れないことで
ものもおぼえで：無我夢中で

＊うち次ぎては…これに次いで、という意味。この本文の前に、玉鬘一行は石清水八幡宮《いわしみずはちまんぐう》に参拝しているので、「石清水八幡宮に次いで」ということになる。

＊徒歩…基本的に平安貴族は牛車《ぎっしゃ》で移動するが、信心深さを示すために徒歩で行くこともあった。

大意 豊後介は「石清水八幡宮に次いで、仏様の中では初瀬観音が日本で霊験あらたかなご利益をお示しになると、中国でさえも評判になっているそうです。まして、わが国の中で遠い地方といっても、長年お住みになったのですから、なおさら玉鬘の姫君にはご利益を恵んでくださるでしょう。」と言って、初瀬へと出発いたします。わざわざ徒歩でお参りすることに決めたのでした。慣れないことなのでとてもつらく苦しいことですが、玉鬘の姫君は人の言うのにしたがって、無我夢中で歩いて行ったのでした。

上の古文を読んで、考えてみましょう

(1) 玉鬘一行はどこへ向かおうとしているのでしょうか。古文の中からぬき出しましょう。

□

(2) ━線「ならはぬ心地にいとわびしく苦しけれど」とありますが、玉鬘は、何をつらく苦しいと思っているのでしょうか。

ア　霊験があるかわからないこと。
イ　従者の言いなりになっていること。
ウ　徒歩で参詣していること。

□

解答、解説

(1) 初瀬《はつせ》

一～二行目で、豊後介《ぶんごのすけ》は初瀬が日本で霊験あらたかな寺であると紹介しています。初瀬とは長谷寺《はせでら》のこと。長谷寺はキーワードで解説したように、石山寺《いしやまでら》、清水寺《きよみずでら》とともに、三大観音と称されるほど、参詣地として有名な寺でした。この後、玉鬘《たまかずら》は初瀬で源氏の侍女である右近《うこん》と出会い、彼女の運命は大きく動いていきます。物語の中で、初瀬参詣が大きな役割を果たしていることがわかりますね。

(2) ウ 徒歩で参詣していること。

注にもありますが、平安貴族の参詣は牛車《ぎっしゃ》での移動が主であり、徒歩には慣れていません。まして姫君であれば、外出をすることはほとんどないのです。━━線に「ならはぬ心地」とあるように、慣れないことをしているのでつらく苦しいのだとわかります。正解は**ウ**。霊験があるかどうかはこれからの運命次第なので**ア**は誤り。五行目に「人の言ふままに」とありますが、つらいことの対象ではないので**イ**も誤りです。

この後の物語は…

同じく初瀬に参詣していたのは、かつて夕顔《ゆうがお》に仕え、今は源氏の侍女となった右近。右近は豊後介や玉鬘の乳母の存在に気づき、お互いに近況を語ります。

【第二十二帖《じょう》「玉鬘《たまかずら》」】

さらに続き

右近は源氏のもとに帰り、玉鬘と会ったことを話します。源氏は玉鬘の将来を思い、自分の元に迎え入れようと考えるのでした。

第35日

なるべく人のいない土地へ

- 源氏26歳
- 正妻格…紫の上
- 恋人…朧月夜など

源氏は政敵である右大臣家の姫君、朧月夜《おぼろづきよ》と恋仲になっていました。しかしある朝、二人で共寝しているところを右大臣に見つかってしまいます。身の危険を感じた源氏は、都から須磨《すま》の地へ退去しようと考えているのでした。

世の中いとわづらはしくはしたなき（きまりの悪い）ことのみまされば、せめて知らず顔にあり経《へ》ても（月日を過ごしても）、*これよりまさることもやと思《おぼ》しなりぬ。

かの須磨《すま》は、昔こそ人の住《す》み処《か》などもありけれ、今はいと里ばなれ心すごくて（人里離れてもの寂しいところで）、海《あ》人《ま》の家だにまれに、など聞きたまへど、人しげくひたたけたらむ（人の出入りが多くごみごみしている）住まひはいと本意《ほい》なかるべし、さりとて、都を遠ざからんも、古里《ふるさと》おぼつかなかるべき（気がかりに思われる）を、人わるく（見苦しいぐらいに）ぞ思《おぼ》し乱るる。

＊これよりまさることもや…これ以上に大変なことが増えていくかもしれない、という意味。政敵である右大臣家で、天皇の妻候補である姫と通じたことで、流罪になるのではないかと恐れている。

大意　世の中がわずらわしく、きまりの悪いことばかり増えていくので、無理にそ知らぬ顔をして月日を過ごしていても、これ以上に大変なことが増えていくかもしれないなあと、源氏は思うのでした。あの須磨は、昔は人の住まいなどもありましたが、今は人里離れてもの寂しいところで、漁師の家でさえもまれです、などと聞きますが、人の出入りが多くごみごみしているような住まいは、退去するという本意にそぐわないだろう、そうかといって都から遠く離れるのも、故郷のことが気がかりに思われるだろうしなあ、などと、見苦しいぐらいに思い悩んでいました。

上の古文を読んで、考えてみましょう

(1) 源氏は、須磨は今どんな土地だと聞いていますか。古文の中からぬき出しましょう。

(2) 源氏は、須磨に行くと何が気がかりだと言っていますか。

ア　住人の目がわずらわしいこと。
イ　人が多くごみごみしていること。
ウ　都から遠く離れていること。

解答、解説

(1)

(今は)いと里ばなれ心すごくて、海人《あま》の家だにまれに

四行目に「など聞きたまへど」とあるので、その前が答えとわかりますね。須磨《すま》はさびれた地であり、当時は流刑《るけい》の地というイメージがありました。右大臣家の勢力が強くなり、源氏を追いやろうという風潮がある世の中で生きていくより、今はいったん姿を隠したほうがよいと源氏は考えています。人里から離れていて、もの寂しく、漁師でさえいないような須磨の地は、退去するには最適なのです。

(2)

ウ　都から遠く離れていること。

五行目に「都を遠ざからんも、古里《ふるさと》おぼつかなかるべき」とあります。源氏は都を離れ、故郷に残していく人々のことが気がかりなのです。今では飛行機や新幹線がありますが、当時は都から離れたら、そう簡単には帰ってこられません。よって正解は**ウ**。前の問題の答えにあるように、人が少なく寂しい土地なので、人々との交流は少ないはずですから、**ア**、**イ**は誤りです。

この後の物語は…

須磨に退去する決意をした源氏は、左大臣家や花散里《はなちるさと》などに別れの挨拶をします。紫《むらさき》の上《うえ》を都に残すのは本当につらいことでしたが、また会える日が来ると信じ、泣く泣く旅立っていくのでした。

【第十二帖《じょう》「須磨《すま》」】

さらに続き

舞台は須磨の地。源氏の住む地は、寂しい山の中、かやぶきの屋根という、今までの住まいとは全く異なるものでした。

第36日

神様、仏様、弁《べん》のおもと様…！

源氏は、かつての恋人・夕顔《ゆうがお》の遺児である玉鬘《たまかずら》を、このうえなく手をかけて世話をしていました。玉鬘は冷泉帝《れいぜいてい》のもとに出仕することが決まったのですが、その前に、「弁のおもと」という女房の手引きで、強引に髭黒《ひげくろ》の大将《たいしょう》と結ばれることになってしまいました。

●源氏37歳
●正妻格…紫の上
●妻…花散里、明石の君

（玉鬘は）ほど経《ふ》れど《何日経っても》、いささかうちとけたる御気色《けしき》もなく、思はずにうき宿世《すくせ》《つらい運命》なりけりと思ひ入《い》りたまへるさまのたゆみなきを、（髭黒の大将は）いみじうつらしと思へど、おぼろけならぬ契《ちぎ》り《並々ならぬ縁》のほどあはれに《しみじみと》うれしく思ふ。見るままにめでたく《すばらしく》、思ふさまなる御容貌《かたち》ありさまを、＊よそのものに見はててやみなましよと思ふだに胸つぶれて、石《いし》山《やま》の仏をも、弁のおもとをも、並べて頂かまほしう《拝みたい》思へど、女君《玉鬘のこと》の深くものしと思《おぼ》し疎みにければ《機嫌を損ねて嫌っているので》、えまじらはで《お仕えせず》籠《こも》りゐにけり。

＊よそのものに見はててやみなまし…他人のものにしてしまうところだった、という意味。玉鬘が多くの男性から求婚されていたことを指す。

大意 玉鬘は何日経《た》っても心を開くご様子もなく、思いの外つらい運命だ、といつまでも思いつめていますので、髭黒の大将はひどく恨めしいと思う一方、並々ならぬ縁の深さをしみじみとうれしく思います。見るほどにすばらしく理想通りの容姿の玉鬘を、他人のものにしてしまうところだったと思うだけでも胸がつぶれて、石山寺《いしやまでら》の観音、弁のおもとを並べて拝みたいと思いますが、玉鬘がひどく機嫌をそこねて嫌っているので、弁のおもとはお仕えせず自宅にひきこもっていました。

上の古文を読んで、考えてみましょう

(1) ——線「おぼろけならぬ契り」とありますが、髭黒の大将は玉鬘との縁は何のおかげだと思っているでしょうか。古文の中から二つぬき出しましょう。

(2) 玉鬘は髭黒の大将との結婚をどのように思っているでしょうか。

ア　つらい運命だと嘆き悲しんでいる。
イ　仏に感謝したいと喜んでいる。
ウ　顔も出せないほど恥ずかしがっている。

第36日

解答、解説

(1) 石山《いしやま》の仏・弁《べん》のおもと

四～五行目で、「石山の仏をも、弁のおもとをも、並べて頂かまほしう思へど」とあります。キーワードで解説したように、当時、石山寺《いしやまでら》・長谷寺《はせでら》・清水寺《きよみずでら》は、三大観音としてあがめられていました。弁のおもとは、玉鬘《たまかずら》と髭黒《ひげくろ》の大将《たいしょう》を結びつける手助けをした女房。自分の力だけでは玉鬘を得られないと考えていた髭黒の大将にとって、石山の仏と弁のおもとは、感謝してもしきれない大事な存在なのです。

(2) ア つらい運命だと嘆き悲しんでいる。

一～二行目に「思はずにうき宿世《すくせ》なりけり」とあり、玉鬘は自分の運命を嘆いています。よって**ア**が正解。**イ**は髭黒の大将の気持ち。髭黒の大将は、自分の運命を「おぼろけならぬ契り《ちぎり》」だと「うれしく」思っているので、玉鬘とは本当に対照的ですね。一行目に「うちとけたる御気色《けしき》もなく」とあり、髭黒と親しくしない様子も見えますが、恥ずかしがっているわけではないので**ウ**も誤りです。

この後の物語は…

髭黒の大将は玉鬘にぞっこん。髭黒の大将の正妻はそれに怒りを覚え、彼に灰を投げつけるという奇行におよびます。【第三十一帖《じょう》「真木柱《まきばしら》」】

さらに続き

玉鬘は髭黒の大将の妻になりましたが、冷泉帝《れいぜいてい》（源氏と藤壺《ふじつぼ》の不義の子）のもとに出仕します。冷泉帝は玉鬘が髭黒の大将の妻になったことを惜しみますが、二人の関係はそれ以上にはならなかったのでした。

服装《ふくそう》・家具《かぐ》

カッチリ系、ステキでしょ！
源氏
束帯
この服で参内できる人もいるんだよ
頭中将
直衣
外出時は、楽に、かっこよく！
夕霧
狩衣
平安ファッションショー
最もフォーマルよ
紫の上
十二単
何枚も重ねて色目を楽しむの
葵の上
小袿
帯では締めないのよ
夕顔
衣袴姿

服装のTPO

読んだ日　月　日

キーワード解説

男性貴族《だんせいきぞく》の服装《ふくそう》

当時、平安貴族の男性は女性以上に衣装の種類が多く、着方も複雑で大変だったのです。宮中で公務をする時には「**束帯**《そくたい》」を着ます。これは今でいう礼服です。束帯の時は必ず、**冠**をかぶるのですが、この冠や、一番上に着る上着「**袍**《ほう》」**は位によって色が決められています**。なので、遠目からでも「あの人は偉い人だ」「あの人は身分が低いな」ということがわかってしまう世界だったんですね。

公用以外は、「**直衣**《のうし》」というものを着ます。上流貴族になると、天皇から許されれば、直衣で宮中に参内することもできました。直衣に「**烏帽子**《えぼし》」をかぶれば、おしゃれな普段着という感じになります。束帯と違って、直衣は好きな色を着ることができました。外出時や狩りに行くときは、「**狩衣**《かりぎぬ》」を着ます。外出時は、すてきな女性と出会うチャンスです。また、そのときライバルに出くわすかもしれません。ですから狩衣もデザインや仕立てにこだわりました。平安貴族はいかなるときもおしゃれを心がけていたのです。

これは武官の束帯さ！
119ページは文官の束帯だよ

第37日

噂《うわさ》の姫のもとに行ってみたけれど

●源氏18歳
●正妻…葵の上
●紫の君を引き取る

愛する藤壺《ふじつぼ》にそっくりな少女を養育することになった源氏でしたが、末摘花《すえつむはな》という姫の噂を聞き、興味をもちます。そして姫の邸《やしき》にやってきたのですが、ある男がいて…？

*透垣《すいがい》のただすこし折れ残りたる隠れの方に立ち寄りたまふに、**もとより立てる男**（前から）ありけり。誰《たれ》ならむ、心かけたるすき者（姫に思いを寄せる好色者）ありけりと思《おぼ》して、蔭《かげ》につきてたち隠れたまへば、頭中将《とうのちゅうじょう》なりけり。この夕つ方、内裏《うち》（宮中）よりもろともに（一緒に）まかでたまひける、やがて*大殿《おおとの》にも寄らず、*二条院にもあらで、ひき別れたまひけるを、いづちならむ（どこへ行かれるのだろう）と、ただならで、我も行く方あれど、あとにつきてうかがひけり。あやしき馬に、［　］姿のないがしろにて来ければ、え知りたまはぬに、さすがに、かう異方《ことかた》（異様な場所）に入《い》りたまひぬれば、心も得ず思ひけるほどに、物の音《ね》（琴）に聞きついて立てるに、帰りや出《い》でたまふ（戻っていらっしゃる）と、した待つなりけり。

*透垣…板か竹で、少し間を開けて作った垣根。　*大殿…左大臣邸。源氏の正妻で、頭中将の妹の葵《あおい》の上《うえ》がいる。
*二条院…源氏の自宅。

大意 源氏は透垣のところへ行きました。するとそこに前から立っている男がいました。姫に思いを寄せる好色者なのかと思いましたが、それは頭中将だったのです。頭中将は、宮中を退出した後、源氏が左大臣邸でも自宅でもなく、どこへ行くのだろうと後をつけてきたのです。源氏が馬に乗ってこのような異様な邸宅に入っていったので、頭中将は不審に思いましたが、邸内から琴の音が聞こえてくるので、そのうち源氏が戻ってくるだろうと待っていたのでした。

上の古文を読んで、考えてみましょう

(1) ━線「もとより立てる男」とは誰でしたか。古文の中からぬき出しましょう。

［　　　　］

(2) 古文中の［　］にあてはまる言葉を選びましょう。

ア　束帯《そくたい》
イ　単衣《ひとえぎぬ》
ウ　狩衣《かりぎぬ》

［　］

第37日

解答、解説

(1) 頭中将《とうのちゅうじょう》

「もとより立てる男あり」→源氏が「誰《たれ》ならむ」と様子をうかがう→源氏が「蔭《かげ》に」隠れる→「頭中将なりけり」という流れを押さえましょう。頭中将は源氏と一緒に宮中を出ましたが、その後源氏が左大臣邸にも、自宅にも帰らないでどこかに行くことに気がつき、そっと後をつけていたのです。頭中将は、親友でもあり、恋のライバルでもある源氏の動きに普段から目を光らせていたのです。

(2) ウ 狩衣《かりぎぬ》

ウの狩衣はその名の通り、平安貴族の男性が主に鷹狩《たかが》りなどの狩りに行くときや、外出するときに着用するものでした。外出中の源氏は、狩衣を着ていると考えられますね。狩衣は、直衣《のうし》よりさらに略式の平常服です。活動的な服装ですので、次第に普段着にもなっていきます。しかし普段着ですから、宮中に出入りはできません。**ア**束帯《そくたい》は宮中の公務時に着る服、**イ**単衣《ひとえぎぬ》は今でいう肌着なので誤りです。

この後の物語は…

源氏は、頭中将が自分のあとをつけてきたことに驚きますが、おもしろくなってしまい、一緒に牛車《ぎっしゃ》に乗って帰ります。

【第六帖《じょう》「末摘花《すえつむはな》」】

さらに続き

その後、源氏も頭中将も競うように末摘花に文を送るのですが、なかなか返事が来ません。源氏はついに、末摘花のもとに忍び込みます。

第5日（23ページ）の場面に続きます。

第38日

兵部卿宮《ひょうぶきょうのみや》、急にやってきました

●源氏39歳
●正妻格…紫の上
●妻…花散里、明石の君

源氏は「かな文字」について、紫《むらさき》の上《うえ》と話していました。そして源氏は、最上級の紙を取り出して、風流好みの弟である兵部卿宮（宮）や義兄の頭中将《とうのちゅうじょう》などに送ります。好きなものを書いてもらって腕を競い合わせようと思いついたのです。

*兵部卿宮渡りたまふと聞こゆれば、（源氏は）①驚きて御直衣《のうし》奉り（お召しになり）、*御褥《しとね》まゐり添へさせたまひて、やがて待ちとり（宮を）入《い》れたてまつりたまふ。この宮（兵部卿宮）もいときよげにて、御階《みはし》さまよく歩みのぼりたまふほど、内《うち》にも人々（御簾《みす》の内の女房たちが）のぞきて見たてまつる。うちかしこまりて、かたみにうるはしだちたまへるも、いときよらなり。

（源氏）「つれづれに（所在なく）籠《こも》りはべるも、苦しきまで思うたまへらるるころののどけさに、をりよく渡らせたまへる」と②よろこびきこえたまふ（お礼を申し上げなさる）。

*兵部卿宮…源氏の異母弟で、親王。　*御褥…敷物。

大意　弟である兵部卿宮が訪れたと聞き、源氏は驚いて直衣を着て、敷物をもう一つ敷かせて、宮を部屋に通します。宮はとてもきれいな方で、階段をのぼってくると御簾の内の女房たちが覗《のぞ》きます。宮と源氏がお互いにかしこまって礼儀正しくきちんとしている姿はとても美しいです。源氏は、「ちょうど所在なく引きこもっているのもたまらない気持ちになっていたところなので、よいときに来てくれましたね。」とお礼を言います。

上の古文を読んで、考えてみましょう

(1) ━線①「驚きて御直衣奉り」とありますが、この時源氏はどこにいたのでしょうか。

ア　自分の邸《やしき》。
イ　宮中。
ウ　狩り場。

□

(2) ━線②「よろこび」とありますが、源氏はなぜよろこんだのでしょうか。

ア　普段は宮中から出られない弟が遊びに来てくれたから。
イ　ちょうどひまなときに、弟が遊びに来てくれたから。
ウ　弟が、自分の望むお土産を持って遊びに来てくれたから。

□

解答、解説

(1) ア 自分の邸《やしき》。

直衣《のうし》は上級貴族が公用以外で着るもので、現代でいうおしゃれ着です。源氏が、兵部卿宮《ひょうぶきょうのみや》が来たと聞いて直衣を慌てて着たということは、それまではくつろいだ服装でいたということになります。源氏は自邸にいたのですね。しかし兵部卿宮は源氏の弟です。なぜきちんとした服装をしなければならないのかというと、弟の兵部卿宮は親王で、源氏は兄とはいえ臣下の身分だからです。よって、親王を迎えるのにふさわしい直衣を着たのです。

(2) イ ちょうどひまなときに、弟が遊びに来てくれたから。

━━線②の直前に「と」があるので、その前の会話文をしっかり確認しましょう。「つれづれに」は「することもなく所在なく」という意味です。「をりよく」は現代語と同じような意味です。つまり、源氏は弟に、「することもなかったので、ちょうどいいときに来てくれたね！」と言っているのです。

この後の物語は…

兵部卿宮は、源氏が送ってきた紙に、自分でかな文字を書いて持って来たのでした。二人は一日中、書について語り合います。

【第三十二帖《じょう》「梅枝《うめがえ》」】

さらに続き

源氏の娘・明石《あかし》の姫君《ひめぎみ》が東宮（皇太子）に入内《じゅだい》したので、内大《ないだい》臣《じん》（元・頭中将《とうのちゅうじょう》）は娘の雲居雁《くもいのかり》の入内を諦めます。内大臣は娘の身を案じ、源氏の息子・夕霧《ゆうぎり》と結婚させようと考えるのです。

こぼれ話

第八帖《じょう》「花宴《はなのえん》」には、藤の宴《うたげ》に参加する光源氏の装いをたたえた文があります。

桜の唐《から》の綺《き》の御直衣《のうし》、葡萄染《えびぞめ》の下襲《したがさね》、裾《しり》いと長く引きて、皆人は袍衣《うえのきぬ》なるに、あざれたるおほきみ姿のなまめきたるにて、いつかれ入《い》りたまへる御さま、げにいとことなり。花のにほひもけおされて、なかなかことざましになん。

源氏は桜襲《さくらがさね》という色の取り合わせの直衣に、ぶどう色に染めた下襲の裾を長く引いて登場。ちなみにこれ、他の人たちは袍衣《ほうい》という正装でかしこまっているのに、源氏は洒落《しゃれ》っ気をきかせた略装なのです。晴れの場で着崩すのは、皇族など身分の高い者だけに許された装い。その優雅さは、花の美しさをも圧倒するほどだったと書かれています。

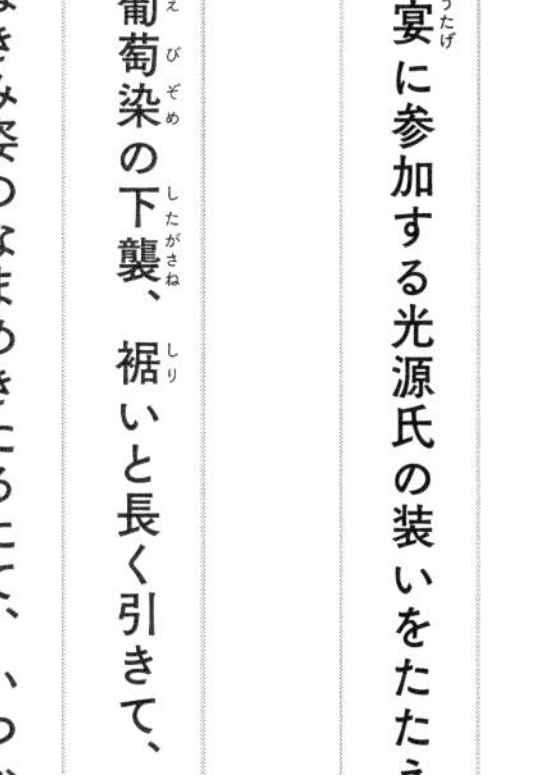

キーワード解説

女性貴族《じょせいきぞく》の服装《ふくそう》

平安貴族の女性たちは当然服装に深い注意を払いました。まず**十二単《じゅうにひとえ》**です。平安時代の服装の代表格ですね。十二単は肌着である「**単《ひとえ》**」の上に「**袿《うちき》**」を何枚も重ね、その上に「**打衣《うちぎぬ》**」と「**表着《うわぎ》**」を着るスタイルでした。袿とは着物一枚一枚のことで、これを十二枚重ねて着るので「**十二重《ひとえ》**」というのです。（段々と十二枚必須ではなくなりますが。）下には「**袴《はかま》**」をはいていました。全部重ねた重さは、なんと十キロ以上！　そして、むやみやたらに重ねればいいわけでもありません。**重ねて着る袿の色の組み合わせが季節などに合ってなかったりすると「センスがないわね！」となるわけです…。**

この上にさらに「**唐衣《からぎぬ》**」という美しく作られた上着を着て、「**裳《も》**」といわれる、背面だけの超ロングのオーバースカートのようなものを身につければ、正装となります。裳は後ろにぐるりと回して、引きずって歩くものです。略式正装のときは、**小袿《こうちぎ》**というものを着ます。これはちょっと羽織るもので、カジュアルなジャケットのようなものでした。主人に仕える女性（女房）は正装が必須でしたが、主人の女性（姫君）はふだん袿と袴で過ごしていました。

第39日
柏木《かしわぎ》、女三《おんなさん》の宮《みや》を見て心を奪われる

● 源氏41歳
● 正妻…女三の宮
● 妻…紫の上、花散里など

源氏の息子の夕霧《ゆうぎり》、頭中将《とうのちゅうじょう》の息子の柏木が、源氏の自邸で蹴鞠《けまり》をしています。そのとき、源氏の正妻・女三の宮の部屋から走り出そうとした猫が御簾《みす》の端を引っかけ、室内が丸見えになりました。柏木はそこに気高く立つ、女三の宮の姿を目にしてしまいます。

*几帳《きちょう》の際《きわ》すこし入《い》りたるほどに、袿姿《うちきすがた》にて立ちたまへる人あり。階《はし》より西の二の間《ま》の東《ひんがし》のそばなれば、紛れどころもなくあらはに見入《みい》れらる。*紅梅にやあらむ《～であろうか》、濃き薄き《濃い色薄い色》すぎすぎにあまた重なりたるけぢめはなやかに、草子《そうし》のつまのやうに《小口のように》見えて、*桜の織物の*細長《ほそなが》なるべし。御髪《みぐし》の裾《すそ》までけざやかに見ゆるは、糸をよりかけたるやうになびきて、裾のふさやかにそがれたる、いとうつくしげにて、七八寸ばかりぞあまりたまへる。御衣《ぞ》の裾がちに《裾が余って》、いと細くささやかにて、姿つき、髪のかかりたまへるそばめ、いひ知らずあてにらうたげなり《かわいらしい》。

*几帳…間仕切りの布。　*紅梅…紅梅襲《がさね》のこと。表は紅で、裏は紫か蘇芳《すおう》色。
*桜…桜襲のこと。表は白で、裏は赤か葡萄《えび》染め。　*細長…貴族女性のおしゃれ着。

大意 几帳の少し奥に、袿姿で立っている人がいます。階段から西の二つ目の間の東の隅なので、あらわに見ることができます。袿は紅梅襲でしょうか、濃い色、薄い色の重なった色変化も華やかで、草子の小口のように見えます。上着は桜襲の細長のようです。髪が末まではっきり見え、髪の裾が切りそろえられているのはまことに美しく、身長よりも長いのです。着物の裾を長く引いて、体は細く小柄であり、髪がかかる横顔はなんとも言いようがないほど上品でかわいらしいのです。

上の古文を読んで、考えてみましょう

(1) 柏木は、━━線「袿姿にて立ちたまへる人」が女三の宮だとすぐにわかりましたが、それはなぜでしょうか。

ア 袿姿だったから。
イ 若くて美しかったから。
ウ 御簾《みす》の中にいたから。

□

(2) この文章の季節を、漢字一字で答えましょう。

□

第39日

解答、解説

(1)

ア　袿姿《うちきすがた》だったから。

袿は貴族女性の普段着です。女房は主人の前では十二単《じゅうにひとえ》に唐衣《からぎぬ》、裳《も》をつけた正式な服装をしていなければいけません。袿姿でいるのは、女主人＝女三《おんなさん》の宮《みや》だけなのです。当時は女房の服装が貧相では、その貴族の経済状況がよくないと思われかねませんでした。では邸宅内では、女主人より女房のほうが目立っていたのかって？　いえいえ、女主人の袿は、織り目のみごとさが女房と違うのです。

(2)

春

袿は重ねて着るものですが、ただ重ねただけではだめです。表裏、もしくは上下の色の配色は、季節によって使用する色目の決まりがあったのですよ。本文内で女三の宮は紅梅襲《こうばいがさね》や桜襲《さくらがさね》をしています。これは「梅」「桜」という字からもわかるように、春に用いる襲《かさね》です。もしそれ以外の季節にこの襲をしていたら、センスがないどころか、常識がない人と思われかねません。

この後の物語は…

偶然にも女三の宮の姿を見てしまった柏木《かしわぎ》は、心を奪われます。しかし、相手は源氏の妻。何もできず、柏木は女三の宮の姉である女二《おんなに》の宮《みや》と結婚しますが…。

【第三十四帖《じょう》「若菜《わかな》　上」】

さらに続き

女三の宮の幼さに失望した源氏は、今まで以上に紫《むらさき》の上《うえ》に愛情を感じますが、紫の上は出家を望むように…。一方柏木は、女三の宮を諦めきれません。

第40日 薫《かおる》、憧れの女性を垣間見《かいまみ》する

五日間に及ぶ法会が終わった後、あまりの暑さに疲れ切った薫は、池に面したところで涼んでいました。すると、衣《きぬ》ずれの音が聞こえてきたので、局《つぼね》（＝部屋）をそっと覗《のぞ》きます。そこには、明石《あかし》の中宮《ちゅうぐう》の娘である女一《おんないち》の宮《みや》（匂宮《におうのみや》の姉）がいたのでした。

- 薫（源氏の子？）27歳
- 薫の正妻…女二の宮
- 薫の恋人…浮舟（死去？）

氷《ひ》を物の蓋《ふた》に置きて割るとて、もて騒ぐ人々、大人三人ばかり、童《わらわ》とゐたり。唐《から》衣《ぎぬ》も＊汗衫《かざみ》も着ず、みなうちとけたれば、御前《おまえ》〔高貴な人の前〕とは見たまはぬに、＊白き薄物の御衣着たまへる人の、手に氷を持ちながら、かくあらそふをすこし笑《え》みたまへる御顔、言はむ方なくうつくしげなり。いと暑さのたへがたき日なれば、こちたき〔煩わしい〕御髪《みぐし》の、苦しう思《おぼ》さるるにやあらむ、すこしこなたになびかして〔こちら（薫）の方になびかせて〕引かれたるほど、たとへんものなし。（薫は）ここらよき人〔美しい人〕を見集むれど、似るべくもあらざりけりとおぼゆ。

＊汗衫…童女が正装のときに着るもので、表着の上などに着用する。
＊白き薄物の御衣着たまへる人…女一の宮のこと。帝《みかど》と明石の中宮の娘で、源氏の孫娘。匂宮の同腹の姉にあたる。

大意 氷を何かの蓋の上に置いて割ろうと騒いでいる人々がいます。女房が三人と、女童《めのわらわ》が一人です。唐衣も汗衫も着ずに皆打ち解けた格好をしているので、高貴な人の前とは思わずにいましたが、白い薄物の単衣《ひとえ》を着ている人が、手に氷を持ちながら、女房たちが大騒ぎしているのを少し笑いながら見ています。その人はいいようもなく美しく見えます。とても暑い日なので、髪が煩わしいのでしょうか、少しこちらの方になびかせて長く垂らしている様子は、たとえようがありません。薫は、美しい人はたくさん見てきたけれど、この人ほどの人はいなかったと思います。

上の古文を読んで、考えてみましょう

(1) ━線「御前とは見たまはぬに」とありますが、なぜ薫は「高貴な人（姫君）の前だとは思わずにいた」のでしょうか。

・女房や女童が□から。

(2) 薫は女一の宮を見て、どう思ったでしょうか。

ア　正装もせずにだらしない。
イ　とにかく何もかもが美しい。
ウ　暑くて苦しそうだ。

□

第40日

解答、解説

(1)

例 唐衣《からぎぬ》や汗衫《かざみ》を着ていなかった〈打ち解けた格好をしていた〉

女房は、主人の前では正装が当たり前でしたね。正装は、唐衣や裳《も》を着ることです。子供ももちろん正装が必要で、女童《めのわらわ》の場合は汗衫という上着を重ねて着る必要がありました。でも、垣間見たところ、「唐衣も汗衫も着ず、みなうちとけたれば」という様子でした。なので薫《かおる》は、「まさか高貴な人の前ではないだろう」と考えたのです。ちなみにこの日はとても暑かったので、女一《おんないち》の宮《みや》が特別に女房たちに軽装を許したのです。

(2)

イ とにかく何もかもが美しい。

なんともだらけた格好の女房たち…の描写もそこそこに、「御顔、言はむ方なくうつくしげなり」「たとへんものなし」「似るべくもあらざりけり」と、女一の宮への称賛の描写の嵐！　とにかく美しい！　というのが薫の感想ですね。薫の正妻は女一の宮の妹の女二《おんなに》の宮《みや》で、さらに言うならば、恋人の浮舟《うきふね》の葬儀をしたばかりなのですが…ね。

この後の物語は…

女一の宮に強烈に惹《ひ》かれてしまった薫は、女一の宮が着ていたような服を、正妻の女二の宮に着せます。また、薫は女一の宮が妹である女二の宮へ手紙を書くよう画策します。

【第五十二帖《じょう》「蜻蛉《かげろう》」】

さらに続き

女一の宮に仕えることになった女房・宮《みや》の君《きみ》の境遇に同情する薫。ふと、かつて愛した大《おお》君《きみ》、その妹の中《なか》の君《きみ》や、二人の異母妹の浮舟を思います。

こぼれ話

第二十二帖《じょう》「玉鬘《たまかずら》」の中には、正月に向けて源氏が女性たちの装束の手配を紫《むらさき》の上《うえ》に託す場面があります。さすが紫の上、センス抜群で、どれもすてきな装束を用意します。ただ、それぞれの装束がどの女性にふさわしいかは源氏に選んでほしいとのこと。さあ源氏はどうするでしょうか。まず紫の上には、紅梅《こうばい》模様が浮かぶ、ぶどう色に染めた小袿《こうちぎ》に、薄紅色のみごとな袿。高貴な紫（ぶどう）色を選び、紫の上を立てたのでしょう。玉鬘《たまかずら》には若い姫君にふさわしい、真っ赤な袿に山吹襲《やまぶきがさね》の花模様のある細長を。末摘《すえつむ》花《はな》には、柳の織物で、由緒ありげな唐草模様を乱れ織りにした優美なもの。人柄とギャップがある装束をあえて選び、源氏は思わず笑ってしまいます。明石《あかし》の君《きみ》には、梅の折枝に蝶《ちょう》や鳥が飛び交う唐風の白い小袿に、濃い紫のつやのある袿。気品ある装束に、紫の上は少し嫉妬している様子。正月が待ち遠しくなる装束選びの場面でした。

家《いえ》・家具《かぐ》

平安貴族の女性たちは、家の中でじっとしていることが当たり前でした。現代のように気軽に外を出歩くということはなかったのです。平安貴族たちは寝殿《しんでん》という建物に住んでいました。寝殿では建物の周りを簀子《すのこ》という縁側が囲っていました。簀子から中に入るには妻戸《つまど》というドアを開きます。簀子の内側の部屋は廂《しとね》と呼ばれます。簀子と廂の間には格子《こうし》という窓と雨戸を兼ねたようなものがはまっています。この格子の内側に御簾《みす》という竹製の簾《すだれ》が掛かっているのです。その御簾の内側が女性たちのいる場所ですね。ここでは部屋の仕切りや目隠しのインテリアとして屏風《びょうぶ》や几帳《きちょう》も使われました。几帳はT字の骨組みに薄絹をかけたものです。これらの家具によって、女性たちは自分のテリトリーを確保していたのです。

女性たちはこの閉ざされた空間に籠《こ》もって暮らしていて、男性に顔は見せませんでした。繰り返しますが、当時は「顔を見せる＝特別な関係」であり、結婚を許すということでもあったのです。そりゃあ、ガードも鉄壁であるべし、ですよね。

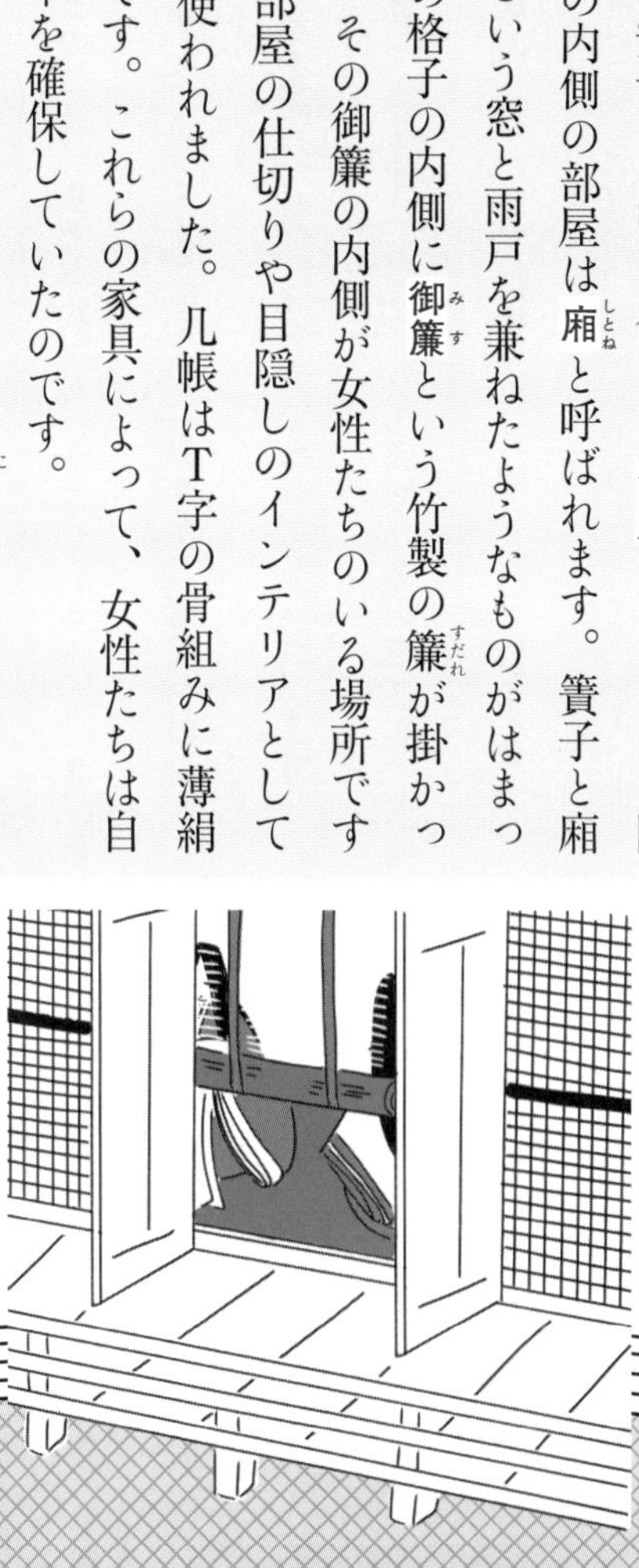

第41日

薫《かおる》、姫君たちの姿を垣間見《かいまみ》る

源氏の息子・薫は、源氏の異母弟である八《はち》の宮《みや》の家に通います。八の宮には大君《おおいきみ》と中《なか》の君《きみ》という二人の姫君がおり、薫は通い始めて三年目の秋、初めてこの二人を垣間見ます。

●薫（源氏の子？）22歳

*透垣《すいがい》の戸を、すこし押し開けて見たまへば、月をかしきほどに霧《き》りわたれるをながめて、簾《すだれ》を短く捲《ま》き上げて人びと《女房たちが》ゐたり。簀子《すのこ》に、いと寒げに、身細く萎《な》えばめる童一人《わらわひとり》、同じさまなる大人などゐたり。内なる人《奥にいる姫》、一人は柱にすこしゐ隠れて、琵琶《びわ》を前に置きて、撥《ばち》を手まさぐりにしつつゐたるに、雲隠れたりつる月のにはかにいと明《あか》くさし出《い》でたれば、（中の君）「扇ならで、これしても《扇ではなくてこの撥でも》月はまねきつべかりけり」とて、さしのぞきたる顔、いみじくらうたげに《かわいらしく美しい》にほひやかなるべし。添ひ臥《ふ》したる人は、琴の上にかたぶきかかりて、（大君）「入《い》る日をかへす撥《ばち》こそありけれ、さま異《こと》《変わったこと》にも思ひ《思いつき》およびたまふ御心かな《ますね》」とて、うち笑ひたるけはひ、今すこし重《おも》りかに《重々しく奥ゆかしい》よしづきたり。

*透垣…板か竹で、少し間を開けて作った垣根。

大意　薫が透垣から見ていると、月に風情ある霧がかかっているのを眺めるため、簾を捲き上げ、女房たちが座っています。簀子には女童《めのわらわ》と女房たちが寒そうに座っていました。奥にいる姫のうちの一人、中の君が琵琶を持ち撥をもてあそんでいると、月が明るくさしたので、「この撥で月を招き返すことができるのですね。」と言います。のぞいた顔は、かわいらしく美しいようです。もう一人の姫、大君が琴にかぶさるようにして、「変わったことを思いつきますね。」と言って微笑んだ様子も、重々しく奥ゆかしいです。

上の古文を読んで、考えてみましょう

(1) 薫が見た光景はどのようなものでしたか。

ア　部屋の中には女童や女房がいて、二人の姫君と会話をしていた。

イ　女房は、外から見えないようにするためのしきりを捲《ま》き上げていた。

ウ　姫君たちは、布製のついたての後ろに隠れて月を見ていた。

□

(2) この場面で登場する中の君と大君はそれぞれ何の楽器を持っていますか。

中の君 □

大君 □

第41日

解答、解説

(1) イ　女房は、外から見えないようにするためのしきりを捲《ま》き上げていた。

平安貴族の家や家具について、わかったでしょうか。アは「部屋の中に」いるというのが誤りです。二～三行目からわかるように、「童《わらわ》」と「大人」たちは「簀子《すのこ》」、つまり縁側にいます。ウは「布製のついたて（＝几帳《きちょう》）の後ろに隠れて」が誤りです。中《なか》の君《きみ》と大君《おおいきみ》はこの日、普段は日光や外からの目線を遮るために下ろしている簾《すだれ》（御簾《みす》）を捲き上げて、月を見ていたのです。几帳があるとは書かれていません。

(2) 【中の君】琵琶《びわ》　【大君】琴

誰が何をしているのか、しっかりと押さえましょう。

・奥にいる姫のうち、一人目（中の君）→「琵琶を前に置きて、撥《ばち》を手まさぐりにしつつゐたる」

・奥にいる姫のうち、二人目（大君）→「琴の上にかたぶきかかりて」、中の君の言ったことをほほえましく聞く。

大君は、中の君に言われて月を見るために、琴に覆いかぶさるような姿勢をとったのです。

この後の物語は…

八《はち》の宮《みや》は、薫《かおる》に自らの出家を打ち明け、娘である大君と中の君の後見を頼みます。そしてこの世を去ってしまうのでした。【第四十五帖《じょう》「橋姫《はしひめ》」】

さらに続き

後見を引き受けた薫は、姫たちを励ましているうちに、姉の大君を深く愛するようになります。しかし、大君は薫の求愛を拒み続けます。そして妹の幸せのために、薫が中の君と結婚することを望むのでした。

遊び《あそび》

遊びかあ！
えーっと、
カラオケ行って〜
ゲームして〜
あとは
映画でも見て〜
現代ver.源氏くん
なんそれ…？
えっ
ちがうの⁉
やっぱり音楽でしょ!!
じゃーん♪

音楽がいちばん！

読んだ日　月　日

キーワード解説

男性貴族《だんせいきぞく》の遊《あそ》び

平安貴族の男性はいろいろな遊びをして、日常生活を楽しんでいました。宮中で盛んに行われたのが「蹴鞠《けまり》」です。鹿革のボールを地面に落とさないように蹴り続ける遊びです。六～八人で行いますが、勝敗はありません。しかしなるべく優雅に蹴るなど、姿の美しさが要求されます。まさに貴族のスポーツという感じですね。「鷹狩《たかが》り」も男性に愛好された遊びです。飼い慣らした鷹を放って鳥や獣などの獲物を捕らえるスリリングなもので、現代のゴルフのように野外の広い場所で行う健康的な遊びでありました。他にも「小弓《こゆみ》」という、室内で遊ぶ的当てゲームもありました。

平安貴族にとって楽器の演奏もとても身近なものでした。弦楽器には弦の数によって和琴《わごん》や箏《そう》、琴があり、管楽器では篳篥《ひちりき》や横笛《おうてき》や龍笛《りゅうてき》などがありました。音楽は彼らにとって不可欠なもので、**上級貴族であればかなり高いレベルの演奏技術を身につけていた**のです。なぜなら、当時の宮中では、天皇や貴族たちによる雅《みやび》な宴《うたげ》が繰り返し行われていたからです。

第42日

ひまだから、蹴《け》鞠《まり》でも見たいなあ

六条院に紫《むらさき》の上《うえ》（春の町・東南）、花散里《はなちるさと》（夏の町・東北）、秋好中宮《あきこのむちゅうぐう》（秋の町・西南）、明石《あかし》の君《きみ》（冬の町・西北）の住居を構えた源氏は、この世の栄華を極めています。兄・朱雀《すざく》院《いん》の頼みで女三《おんなさん》の宮《みや》を正妻にし、波乱が起こりますが、ひとまず今日は平和です。

● 源氏41歳
● 正妻…女三の宮
● 妻…紫の上、花散里など

大将の君《夕霧のこと》は丑寅《うしとら》*の町に、人々あまた《大勢》して鞠《蹴鞠》もてあそばして見たまふと聞こしめして、（源氏）「乱りがはしき《乱雑である》ことの、さすがに目さめてかどかどしきぞかし《技量が表れる遊びであるものだ》。いづら、こなたに」とて御消息《しょうそこ》あれば、参りたまへり。若君達めく人々多かりけり。（源氏）「□持たせたまへりや。誰々かものしつる《来ているのか》」とのたまふ。（夕霧）「これかれはべりつ」、（源氏）「こなたへまかでむや」とのたまひて、寝殿の東面《ひんがしおもて》《六条院》、桐壺《きりつぼ》*は若宮具したてまつりて参りたまひにしころなれば、こなた隠ろへ《ひっそりして》たりけり、遣水《やりみず》*などの行きあひはれて、よしあるかかりのほどを尋ねて立ち出《い》づ。

＊丑寅の町…丑寅は「東北」。ここでは、夕霧の養母である花散里の居場所を指す。　＊桐壺は若宮具したてまつりて参りたまひにしころ…「桐壺」は源氏と明石《あかし》の君《きみ》の娘である明石《あかし》の女御《にょうご》のこと。出産のために六条院に里帰りしていたが、このころには生まれた若宮を連れて宮中に戻っていたということ。　＊遣水…敷地内を流れる小川。

大意　夕霧が花散里の所で大勢の人々に蹴鞠をさせて見ると聞き、源氏は「乱雑であるが、技量が表れる競技であるものです。どうです、こちらでやっては。」と連絡しました。若い公達らは源氏の所に来ます。源氏は「□は持たせていますか。誰が来ていますか。」と言うので、夕霧が「こういう人がいます。」と答えると、源氏は「こちらに来ませんか。」と言います。六条院の東面は、里帰りしていた明石の女御が若宮を連れて宮中に戻っていたころなのでひっそりとしていました。その遣水などが行きあう場所が広場になっているので、ちょうどよい蹴鞠の場所を探して集まってきます。

上の古文を読んで、考えてみましょう

(1) 源氏は、蹴鞠についてどのように述べていましたか。

ア　貴族の男性だけでなく、女性も取り組むにふさわしい遊びだ。
イ　落ち着きにかける部分はあるが、技量の差がわかりやすい遊びだ。
ウ　貴族の男性がたしなむべき、優美で素晴らしい遊びだ。

□

(2) 古文中の□にあてはまる言葉を、古文の中から一字でぬき出しましょう。

□

第42日

解答、解説

(1)

イ　落ち着きにかける部分はあるが、技量の差がわかりやすい遊びだ。

二〜三行目の源氏の発言は、夕霧《ゆうぎり》が蹴鞠《けまり》を大勢の人にやらせているという話を受けたものです。源氏はここで蹴鞠について語っているので、しっかりと押さえましょう。キーワード解説で確認したように、蹴鞠は宮中で盛んに行われた遊びです。源氏は「乱りがはしき」とはしているものの、技量が表れる遊びだと評価しています。ちなみに、頭中将《とうのちゅうじょう》の息子である柏木《かしわぎ》は蹴鞠が大の得意で、この後の場面で活躍しますよ。

(2)

鞠

蹴鞠は、鞠を蹴る遊びでしたね。使うのは、鞠だけ。よって、源氏が「持たせましたか。」と聞いたものは、もちろん「鞠」です。源氏は、息子である夕霧に「鞠は持たせましたか。参加者は誰ですか。」と尋ねているのです。なお、当の夕霧ですが、この後蹴鞠に参加するものの腕前についてはさっぱり触れられず、容姿の美しさばかり褒められます。実力のほどは、推して知るべし、ですね…。

この後の物語は…

夕霧や、頭中将の息子である柏木をはじめ、若い君達《きんだち》らは蹴鞠に熱中します。

【第三十四帖《じょう》「若菜《わかな》　上」】

さらに続き

蹴鞠を終え、休憩していた柏木は、猫が御簾《みす》の端を引っかけて室内が丸見えになったことで、源氏の正妻である女三《おんなさん》の宮《みや》を見てしまうことに…。

第39日（127ページ）の場面に続きます。

こぼれ話

和歌は恋の駆け引きなど私的な場面で詠まれるイメージが強いですが、宮中でも貴族たちが和歌の才能を披露するビッグイベントがありました。「曲《きょく》水《すい》の宴《えん》」は三月に行われる行事で、庭園の小川から流れてくる杯《さかずき》が通り過ぎる前に歌を詠み、杯の酒を飲んで次へ流すという優雅な遊びです。また、左右の組にわかれて歌を詠み合い、歌の出来を競い合う「歌合《うたあわせ》」という行事もありました。今でいえば紅白歌合戦のようなものですね。歌合で歌の詠み手として選ばれることは、歌人にとってステータスになりました。他にも、宮中の重要な行事の後には「節会《せちえ》」という宴会が設けられ、歌や管絃《かんげん》、舞を楽しんだりもしました。そう考えると、われわれが大きな仕事を終えた後に打ち上げをして、カラオケで歌ったり踊ったりするのとなんだか似ていますよね。

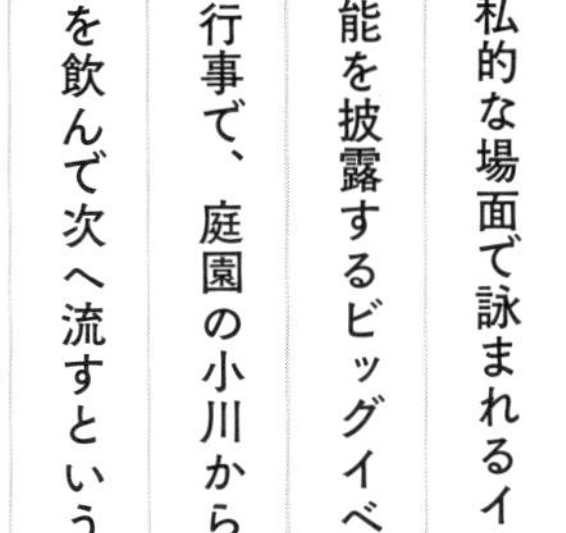

女性貴族《じょせいきぞく》の遊び《のあそび》

平安貴族の女性たちの娯楽はどんなものがあったのでしょうか。勝負ごとの遊びとして、「双六《すごろく》」「貝合《かいあ》わせ」「薫物《たきもの》合《あ》わせ」などがありました。双六は盤を相手側と自分側で分け、右端に積み上げた自分の石をサイコロの目に従ってすべて左側にゴールさせるゲームです。ついかけ声をかけてしまうような、皆が熱中する遊びでした。貝合わせは絵が見えないように伏せて並べた貝を取り、対になっているものを見つける遊びです。獲得した貝の枚数を競うだけでなく、描かれた絵を愛《め》でるのも大切です。薫物合わせは、家伝の秘法により練香《ねりこう》を作り、香りの優劣を競うものです。これらの遊びは、当時の女性たちの生活に潤いを与えました。

また琴や琵琶《びわ》などにも励みました。宮中での重要な遊びとして室内楽の演奏会が好まれましたし、何より琴や琵琶の実力は素敵な女性の必須条件の一つだったからです。特に琴は女性たちに人気の高い楽器でした。琴には絃《げん》の数により琴、箏《そう》、和琴《わごん》などの種類がありました。かよわい女性には向かないということで笛などの管楽器は男性が吹くものでした。

第43日

東宮の后《きさき》にできるかな？

内大臣《ないだいじん》（元・頭中将《とうのちゅうじょう》）は、一家の繁栄のために娘の雲居雁《くもいのかり》を東宮（皇太子）の后《きさき》にしようと考えていました。しかし、雲居雁は、源氏の息子の夕霧《ゆうぎり》と相思相愛なのです。内大臣は、自分の母であり、雲居雁を育てている大宮《おおみや》（宮）の元を訪れます。

●源氏33歳
●正妻格…紫の上
●妻…明石の君、花散里

姫君の御さまのいときびはにうつくしうて、箏《そう》の御琴弾きたまふを、御髪《ぐし》のさがり髪《かん》ざしなどのあてになまめかしきをうちまもりたまへば、恥ぢらひてすこし側《そば》みたまへるかたはらめ、つらつきうつくしげにて、取由《とりゆ》の手つき、いみじうつくりたる物の心地するを、宮も限りなくかなしと思《おぼ》したり。掻《か》き合はせなど弾きすさびたまひて、押しやりたまひつ。

大臣《おとど》和琴《わごん》ひき寄せたまひて、律《りち》の調べのなかなかいまめきたるを、さる上手の、乱れて掻い弾きたまへる、いとおもしろし。

姫君…雲居雁
いときびはにうつくしうて…あどけなくかわいらしくて
あてになまめかしきを…上品でみずみずしいのを
側みたまへる…脇をお向きになる
つらつき…顔の様子
いみじうつくりたる物の…みごとに作った人形のような
宮…大宮のこと。雲居雁と夕霧の祖母
弾きすさびたまひて…形ばかりお弾きになって
大臣…内大臣（元・頭中将のこと）
いまめきたるを…今風である
さる上手の…これほどの名手が

＊箏の御琴…十三絃《げん》の琴。　＊取由…箏の技法。　＊和琴…六絃の琴。　＊律…短調の旋律。

大意 姫君の様子がとてもあどけなくかわいらしく、琴を弾いている髪かたちなどが上品でみずみずしいのを、内大臣が見入っています。見られていることが恥ずかしく、脇を向いた姿もかわいらしく、箏を扱う手つきもみごとに作った人形のようだと内大臣は愛《いと》おしく思います。姫君は掻き合わせなどを形ばかり弾いて、箏を押しやりました。内大臣も和琴を律の調べで今風に弾きますが、これほどの名手が掻き鳴らすその趣は、まことに興をそそられるものです。

上の古文を読んで、考えてみましょう

(1) 古文からわかることはどのようなことでしょうか。

ア　雲居雁は箏の琴を弾きこなしており、とても愛らしい姿である。
イ　内大臣は、雲居雁の箏の琴の腕前はともかく、容姿は可愛《かわい》いと思っている。
ウ　内大臣は和琴を弾くが、あまり得意ではないようで旋律が乱れている。

□

(2) ━線「押しやりたまひつ」とは、誰が何を押しやったのですか。古文の中からぬき出しましょう。

□が□を

第43日

解答、解説

(1) ア　雲居雁《くもいのかり》は箏《そう》の琴を弾きこなしており、とても愛らしい姿である。

平安貴族の教養の一つに琴や琵琶《びわ》などの楽器の演奏があります。特に琴は貴族から愛好されました。東宮の后《きさき》にというくらいですから、もちろん雲居雁も琴が弾けます。正解はア。イは「腕前はともかく」が誤り。ウは六行目に「さる上手」とあることから、「内大臣《ないだいじん》は和琴……が、あまり得意ではない」が誤りとわかります。なお、内大臣（元・頭《とうの》中将《ちゅうじょう》）は、源氏以上の和琴の名手として描かれています。

(2) 姫君〔が〕　箏の御琴〔を〕

古文では、主語が書かれていないことが多いので、しっかりと主語を押さえましょう。まず、箏の琴を弾いていたのは姫君（雲居雁）です。━━線の前に「弾きすさびたまひて」とあり、接続助詞「て」の後は主語が変わらないことが多いので、琴を「弾」いていた人物が━━線の動作をした人物とわかりますね。主語は「姫君」です。「押しやった」のは、今まで弾いていた箏の琴です。

この後の物語は…

夕霧《ゆうぎり》と自分の娘が相思相愛であることを知って激怒した内大臣は、二人の仲を引き裂きます。夕霧は、五節《ごせち》の舞姫《まいひめ》に選ばれた惟光《これみつ》の娘に懸想します。【第二十一帖《じょう》「少女《おとめ》」】

さらに続き

源氏の恋人だった夕顔《ゆうがお》と、頭中将との間に生まれた玉鬘《たまかずら》は、美しく成長していました。

気になる続き

夕霧と雲居雁は、めでたく初恋を実らせますよ。

官位《かんい》・役職《やくしょく》など

男女の出世とは？

読んだ日　月　日

天皇
まあ、私も太上天皇に準ずる位を得るけどね…
内裏〜！
上〜！
主上〜！
キャ〜
桐壺帝
中宮
＝
皇后
いつか天皇の目にとまるかも…
ワラ
ワラ
更衣
女御
過度な寵愛はトラブルの元〜
そのうち中宮に
桐壺更衣
明石の女御
藤壺

キーワード解説

男性貴族《だんせいきぞく》の官位《かんい》・役職《やくしょく》

平安時代の男性貴族は、元服後（＝成人後）に官職と身分等級を授かります。彼らは、実名で呼ばれるよりも特に「官職名」で呼ばれるのが普通です。最近では「部長」「社長」などという呼び方はせず、どんな役職の人にも「○○さん」と本名で呼ぶ会社が増えてきましたが、平安時代はまだまだお堅いのです。

また、官職の昇進に伴って同じ人物でも呼び方が変わっていきます。例えば、光源氏の親友でありライバルの「頭中将《とうのちゅうじょう》」。出世するにしたがって「宰相中将《さいしょうちゅうじょう》」→「中納言《ちゅうなごん》」→「内大臣《ないだいじん》」→「太政大臣《だいじょうだいじん》」…などと呼び名がどんどん変わります。本名は最後までわかりません。

なお、当時の最高権力者である天皇は、直接呼ぶのは恐れ多いため、ぼかした呼ばれ方をされます。「帝《みかど》」「上」「主上」「内」「内裏《うち》」「御前」など様々で、譲位後は「院」となります。ちなみに、次の天皇候補である皇太子は「東宮《とうぐう》（春宮）」、それ以外の皇子は「宮」「親王」「皇子」と呼ばれます。

覚えるのは大変ですが変わる呼び方からは、その人の成長や昇進、はたまた散り際を感じられて、なんだかしみじみしますよ。

●官位相当表の一部と源氏の経歴

位階	二官：神祇官	二官：太政官	八省：中務省	八省：式部省・治部省・民部省・兵部省・刑部省・大蔵省・宮内省
正一位・従一位		太政大臣		
正二位・従二位		左大臣 右大臣 内大臣		
正三位		大納言		
従三位		中納言		
正四位上			卿	
正四位下		参議		卿
従四位上		左右大弁		
従四位下	伯			
正五位上		左右中弁	大輔	
正五位下		左右少弁		大輔 大判事
従五位上			少輔	
従五位下	大副	少納言	侍従 大監物	少輔

※表の赤文字…公卿（上達部）

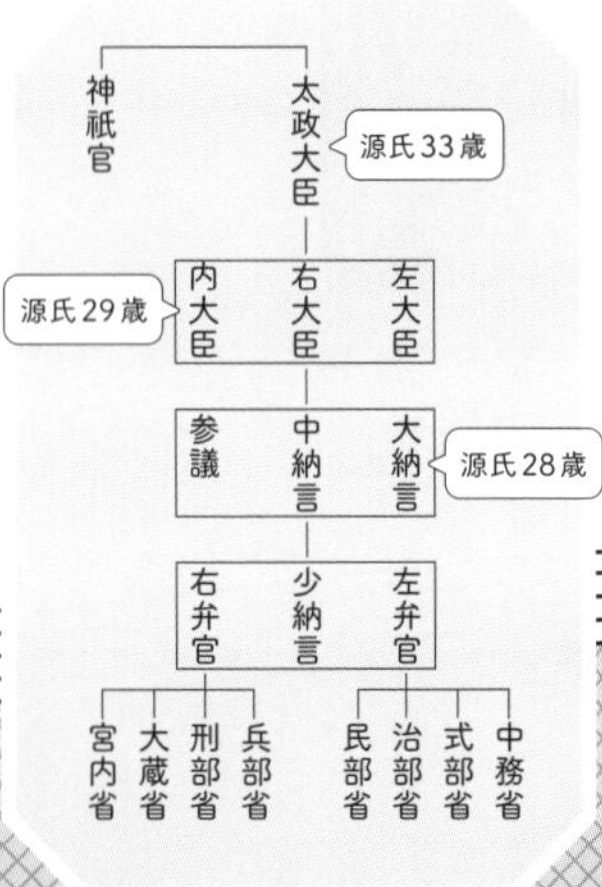
神祇官
太政大臣
源氏33歳
左大臣
右大臣
内大臣
源氏29歳
大納言
源氏28歳
中納言
参議
左弁官
少納言
右弁官
中務省
式部省
治部省
民部省
兵部省
刑部省
大蔵省
宮内省

第44日 桐《きり》壺《つぼ》院《いん》とその子供たち

●源氏23歳
●正妻格…紫の上
●恋人…朧月夜など

源氏の父・桐壺院（院）は、死期を悟って源氏の兄・朱雀帝《すざくてい》に対して遺言を残します。皇族の身分を降り、臣下として生きる源氏を、朝廷の後見役にするようにというものでした。

院の御なやみ〔病気〕、神無月《かんなづき》になりては、いと重くおはします。世の中に惜しみきこえぬ人なし。①内裏《うち》にも思《おぼ》し嘆きて行幸《ぎょうこう》〔天皇の外出〕あり。（院は）弱き御心地にも、＊春宮《とうぐう》〔東宮。皇太子〕の御事を、かへすがへす聞こえさせたまひて、次には＊大将の御事、「（院が）はべりつる世に変《かわ》らず、（源氏は）大小のことを隔てず何ごとも御後見《うしろみ》と思せ。齢《よわい》のほどよりは、世をまつりごたむ〔統治する〕にも、をさをさ憚《はばか》り〔支障〕あるまじうなむ見たまふる。かならず世の中たもつべき相《そう》〔人相〕ある人なり。さるによりて、わづらはしさに、親王《みこ》〔天皇の皇子としての身分〕にもなさず、ただ人《うど》にて、②朝廷《おおやけ》の御後見をせさせむと思ひたまへしなり。その心違《たが》へさせたまふな」と、あはれなる御遺言ども多かりけれど、……。

＊春宮…表向きは桐壺院の子だが、源氏の子。後の冷泉帝《れいぜいてい》。　大将…武官の最高職・近衛《このえ》大将である源氏のこと。

大意 桐壺院の病気は重くなり、世間では惜しむ声があがりました。桐壺院は、お見舞いに来た朱雀帝に、春宮（＝皇太子）のことを話し、次に源氏について述べます。「私の在世のころと変わらず、源氏が何ごとも後見していると思いなさい。年齢的にも世を統治するのに問題ないはず。源氏は世を統治できる人相の人です。だから、面倒が起こらぬよう、親王（＝皇子の身分）にはせず、朝廷の後見役にと思っています。私の心に背いてはなりません。」と、心のこもった遺言はたくさんありましたが、……。

上の古文を読んで、考えてみましょう

(1) 線①「内裏」とは誰のことですか。**大意**の中に出てくる人物名で答えましょう。

［　　］

(2) 線②「朝廷の御後見をせさせむ」とありますが、なぜ桐壺院は源氏に朝廷の後見役を望んでいるのですか。

ア　政治を行うのに十分な経験を、臣下となって積んでいるから。
イ　これまでも親王として朱雀帝の補佐を行ってきた実績があるから。
ウ　皇太子となるのにふさわしい人相をしているから。

［　　］

第44日

解答、解説

(1) 朱雀帝《すざくてい》

古典の世界では天皇の呼び名は「帝《みかど》」「内裏《うち》」「御前」などいろいろあります。今回の「内裏」は、元々は平安京にある天皇の住まいや政治の場一帯を指す言葉でした。それが転じて「天皇」自身を指すようになったのです。源氏の父・桐壺帝《きりつぼてい》が隠居して「桐壺院（院）」になっていること、源氏の兄が朱雀帝、つまり現時点での天皇であることをリード文からしっかり押さえましょう。

(2) ア 政治を行うのに十分な経験を、臣下となって積んでいるから。

このとき源氏は23歳ですが、「近衛《このえ》大将」です。これは、超高級貴族が兼職するような官職でした。若くして源氏は政治の中枢にいるのです。政治を行うのに十分な経験をしていますね。六行目の「親王《みこ》にもなさず」もポイントです。源氏は桐壺帝の息子ですが、皇子ではなく臣下として過ごしているのです。**イ**は「親王として」が、**ウ**は「皇太子となるのに」が誤りとわかりますね。

●第44日での関係図

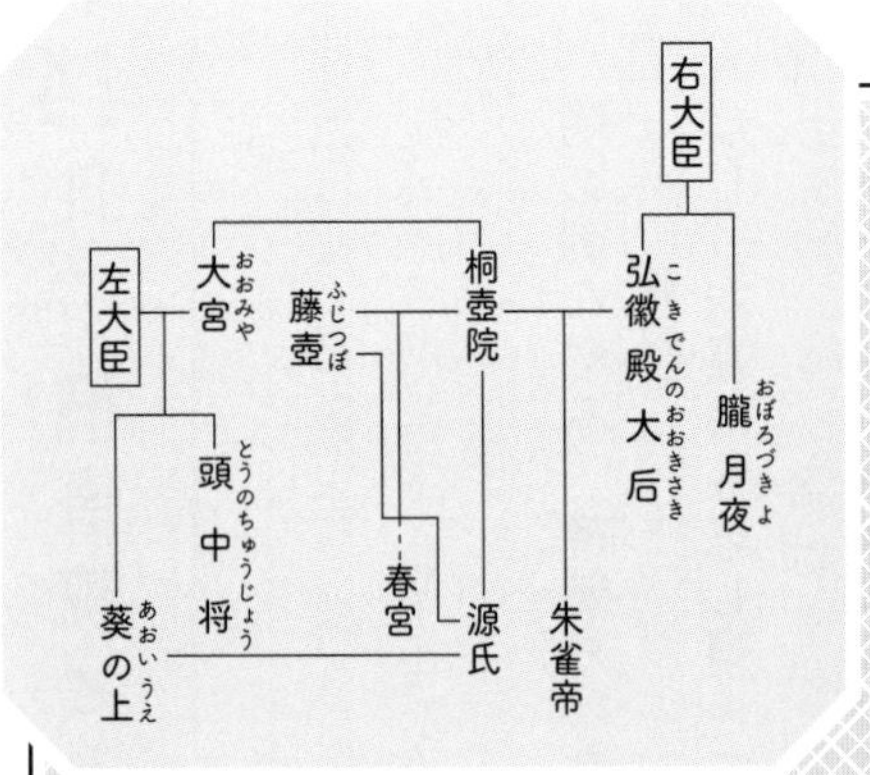

この後の物語は…

桐壺院はこの後亡くなります。名実ともに朱雀帝の世となりますが、彼は母の実家である右大臣家の言いなりです。

【第十帖《じょう》「賢木《さかき》」】

さらに続き

右大臣家と左大臣家（源氏の後見）の権力争いが激化しますが、源氏は右大臣家の娘・朧月夜と逢瀬《おうせ》を重ねます。そうした密会をついに右大臣に発見され、源氏は絶体絶命の窮地に…。

第45日 左大臣でも安心できない

●源氏25歳
●正妻格…紫の上
●恋人…朧月夜など

桐壺院《きりつぼいん》が亡くなり朱雀帝《すざくてい》の世となると、朱雀帝の母・弘徽殿大后《こきでんのおおきさき》の出身である右大臣の一族が勢力を増すようになりました。逆に、左大臣の一族は勢力を失ってしまいます。左大臣は、もともと政界のトップであったのにもかかわらず、その職を辞する決意をしました。

左大臣《ひだりのおとど》も、公私ひきかへたる世のありさまに、ものうく思《おぼ》して、致仕《ちじ》の表たてまつりたまふを、帝《みかど》は、故院のやむごとなく重き御後見《うしろみ》と思して、長き世のかためと聞こえおきたまひし御遺言を思しめすに、棄てがたきものに思ひきこえたまへるに、かひなきことと、たびたび用ゐさせたまはねど、（左大臣は）せめてかへさひ申したまひて、①籠《こも》りゐたまひぬ。今はいとど＊一族《ひとぞう》のみ、かへすがへす栄えたまふこと限りなし。世のおもしとものしたまへる大臣の、かく世をのがれたまへば、②おほやけも心細う思され、世の人も心あるかぎりは嘆きけり。

左大臣…左大臣。源氏の正妻・葵《あおい》の上《うえ》の父
故院…桐壺院のこと
致仕の表…辞表
かため…柱石
かへさひ申し…辞職する意
いとど…ますます
おほやけ…帝。朱雀帝のこと

＊一族…右大臣の一族のこと。朱雀帝の母は右大臣家出身の弘徽殿大后。

大意　左大臣も、公私共にまったく変わってしまった世の有様を、苦しく思い、辞表を提出しますが、朱雀帝は、故桐壺院が大切な特別の後見として、長く世の柱石として用いるようにと遺言したのを思うと、軽々しく扱えず、無用なことと何度も取り上げませんでした。しかし、左大臣は強く辞退を申し出て、引きこもってしまいます。今は、ますます右大臣の一族のみが栄えています。世の重鎮であった左大臣が、こうして政界を引退したので、帝も心細く思われ、世間の良識ある人々は嘆きました。

上の古文を読んで、考えてみましょう

(1) ――線①「籠りゐたまひぬ」とありますが、「籠りゐたまひ」たのは誰ですか。**大意**の中に出てくる人物名で答えましょう。

(2) ――線②「おほやけも心細う思され、世の人も心あるかぎりは嘆きけり」とありますが、それはなぜですか。

第45日

解答、解説

(1)

左大臣《ひだりのおとど》

本文に出てくる登場人物を把握しましょう。「帝《みかど》＝おほやけ」と「左大臣」です。古文では、「に」「を」「ど」「が」「ば」という助詞のあとは主語が変わりやすいので、それを意識して読むと、「左大臣」が「致仕《ちじ》の表たてまつりたまふ【を】」→「帝」が「用ゐさせたまはね【ど】」→「左大臣」が「かへさひ申したまひ【て】―籠《こも》りゐたまひぬ」となります。よって、正解は左大臣です。

(2)

例 **世の重鎮であった左大臣が政界を引退したから。**

桐壺院《きりつぼいん》の死によって、朝廷内でのパワーバランスが崩れ、朱雀帝《すざくてい》により近い一族が権力を握ります。その代表格が朱雀帝の母の出身である右大臣の一族です。キーワード解説で確認したように、左大臣は、太政大臣《だいじょうだいじん》を除けばトップの大臣です。そんな重鎮が政界を去る…大きな人事異動で驚くのは、今も昔も同じです。ちなみに、左大臣家はずっと源氏の後ろ盾となっていた一族ですよ。

●第45日での関係図

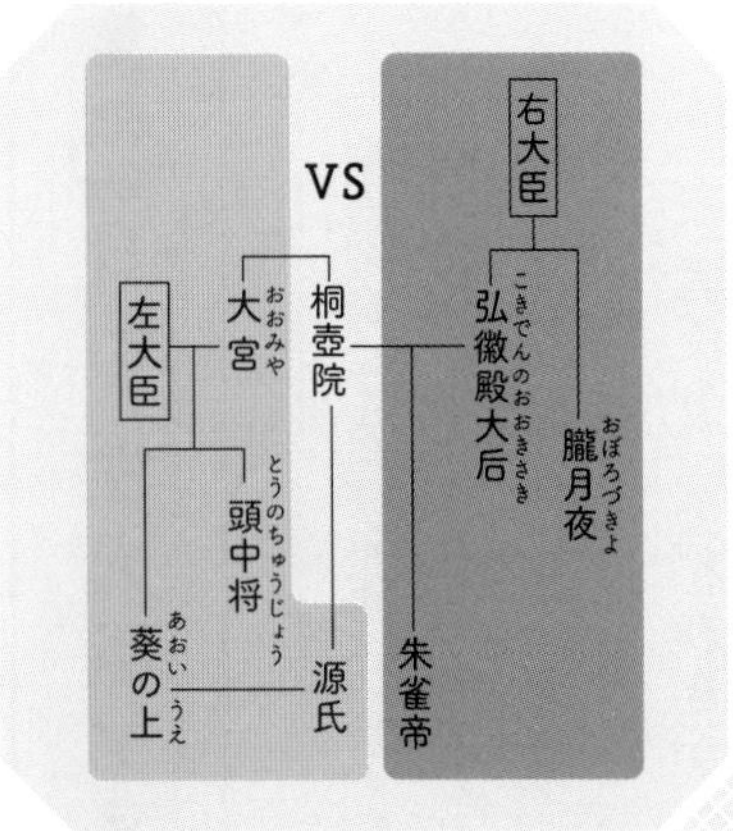

右大臣
VS
弘徽殿大后《こきでんのおおきさき》
朧月夜《おぼろづきよ》
朱雀帝
桐壺院
大宮《おおみや》
左大臣
頭中将《とうのちゅうじょう》
葵の上《あおいのうえ》
源氏

この後の物語は…

左大臣家の没落は、源氏の人生にも影を落とします。にもかかわらず、源氏はライバルである右大臣家の娘と関係をもってしまうのです。

【第十帖《じょう》「賢木《さかき》」】

さらに続き

その娘とは、朧月夜。彼女は「尚侍《ないしのかみ》」という職についていて、天皇の妻候補でした。そんな女性に手を出した源氏は、右大臣家からの怒りを買い、京にいられなくなってしまいます。

第46日 臣下を超えた源氏

●源氏39歳
●正妻格…紫の上
●妻…花散里、明石の君

冷泉帝《れいぜいてい》が帝《みかど》として世を治めるなか、源氏は息子の夕霧《ゆうぎり》を内大臣《ないだいじん》（元・頭中将《とうのちゅうじょう》）の娘と結婚させました。また、娘の明石《あかし》の姫君《ひめぎみ》も東宮への入内《じゅだい》が決まりました。思い通りにならないことはなく、源氏は、いよいよこのうえない栄誉を受けることになります。

明けむ年（源氏は）四十《よそじ》になりたまふ、御賀のことを、①朝廷《おおやけ》よりはじめたてまつりて、大きなる世のいそぎ（準備）なり。

その秋、＊太上《だいじょう》天皇になずらふ（準ずる）御位得たまうて、＊御封《みふ》加はり、＊年官《つかさ》、年爵《こうぶり》などみな添ひたまふ。かからでも、②世の御心にかなはぬことなけれど、なほめづらしかりける昔の例を改めて、＊院司どもなどなり、さまことにいつくしう（威厳をもつ様子）なり添ひたまへば、内裏《うち》に参りたまふべきこと難《かた》かるべきをぞ、かつは思《おぼ》しける。

＊太上天皇…皇位を譲った天皇を太上天皇（＝上皇）という。　＊御封…税による収入。
＊年官、年爵…叙任することで得られる収入。　＊院司…上皇（院）に関する役人。

大意 明くる年、源氏は四十歳になりました。その祝賀は、冷泉帝からはじめ、世をあげての大がかりな準備があります。その年の秋、太上天皇に準ずる位を与えられ封や年官年爵などの収入も増していきました。こうまでしなくても、望みどおりにならないことはなかったのですが、それでもやはりめったになかった先例にならい、院司どもを任命しました。格別に威厳が生まれたので、内裏へ参内するのもとても難しくなった、と思うのでした。

上の古文を読んで、考えてみましょう

(1) ━線①「朝廷」とありますが、何のことでしょうか。

ア　政治のこと。
イ　帝が政治をする場所のこと。
ウ　帝のこと。

[　　]

(2) ━線②「世の御心にかなはぬことなけれど」とありますが、なぜ源氏には「心にかなはぬこと」がないのでしょうか。

[　　　　]

解答、解説

(1) ウ　帝《みかど》のこと。

キーワード解説で、天皇には様々な呼ばれ方があるということを確認しましたが、まだまだ種類がありました！「朝廷《おおやけ》」はもともと、イの「帝が政治をする場所のこと。」という意味で、回り回って帝自体を指す言葉になったのです。なお、リード文からわかるように、当時の帝は、冷泉《れいぜい》帝《てい》。表向きは桐壺院《きりつぼいん》の子ですが、実は源氏の子です。冷泉帝は、自分の出生の秘密を知り、父を臣下にしている自分ってどうなの!?　と悩み苦しんでいます…。

(2) 例　太上《だいじょう》天皇に準ずる位を与えられたから。

太上天皇とは、息子などに天皇の位を譲り、隠居した天皇、つまり上皇を指す言葉です。確かに冷泉帝は、源氏と藤壺《ふじつぼ》の間にできた子供ですが、それは秘密じゃないの？という感じですよね。大丈夫です、秘密です。源氏は亡き桐壺院の寵児《ちょうじ》であり、冷泉帝の女御《にょうご》である秋好中宮《あきこのむちゅうぐう》の後ろ盾。娘の明石《あかし》の姫君《ひめぎみ》は東宮（次期天皇）に入内《じゅだい》し、息子の夕霧《ゆうぎり》も順調に出世しています。ゆえに太上天皇に準ずる位を与えられても不自然ではないのです。

この後の物語は…

源氏の栄華は頂点に達しました。しかし、物語はめでたしめでたしとは終わりません。

【第三十三帖《じょう》「藤裏葉《ふじのうらば》」】

さらに続き

栄華を極めた源氏になんと新しい縁談が舞い込みます。この姫は源氏の兄・朱雀院《すざくいん》の娘でした。兄の頼みということもあり断れなかった源氏ですが、姫の幼さに失望します。そして最愛の妻・紫《むらさき》の上《うえ》は思わぬ展開に悲しむことに…。

こぼれ話

源氏は帝《みかど》の子でありながら母の身分のために臣下に降りますが、順調に出世し、最終的には上皇と同等の地位にのぼりつめます。源氏の出世の道のりをたどってみましょう。まず元服後、源氏は「近衛中将《このえちゅうじょう》」という宮中の警護をする役目につきます。その後、近衛府の長官である「大将《たいしょう》」に昇進。一度都を離れて須磨《すま》・明石《あかし》に退居しますが、都に戻ると太政官《だいじょうかん》の次官である「大納言《だいなごん》」に昇進。政治に参与し、天皇の命令を伝達する重要な役目です。その後すぐ、同じく太政官の官で、左大臣・右大臣の補佐を務める「内《ない》大臣《だいじん》」に昇進。息子の夕霧《ゆうぎり》が元服すると、「太政大臣《だいじょうだいじん》」という太政官の最高位につきます。この時点で政治のトップポジションなのですが、源氏は四十歳のとき、ついに太上《だいじょう》天皇（上皇）に準ずる立場につきます。これで源氏の右に出る者は誰もいない状態。かつて、幼い源氏の顔を見て占い師が「天皇になると国が乱れるが、最高位の相はもっている」と言いましたが、その予言は、見事に当たったのでした。

キーワード解説

女性貴族《じょせいきぞく》の位《くらい》・役職《やくしょく》

平安時代の女性貴族が働く場といえば、「後宮《こうきゅう》」です。後宮には、天皇の后《きさき》と、それに仕える女官たち（＝女房）が住んでいます。源氏物語の作者である紫式部《むらさきしきぶ》も、彰子《しょうし》中宮に仕える女房でした。

天皇の后には位があり、皇后《こうごう》（中宮《ちゅうぐう》）→女御《にょうご》→更衣《こうい》と続きます。源氏の父・桐壺帝《きりつぼてい》の妻である藤壺《ふじつぼ》は最初「女御」として嫁ぎましたが、後に「中宮」となります。「女御」の中から天皇の正妻として認められた身分です。他にも天皇（東宮や親王）の妻の呼び方として「御息所《みやすどころ》」があります。

また、天皇の秘書のようなことをする「尚侍《ないしのかみ》」や、装束に関わる「御匣殿《みくしげどの》（別当）」はどちらも役職名ではありますが、天皇（や皇太子）の妻になることが多く、特に「尚侍」は後に女御・更衣に準ずる地位になったのです。

また、天皇家の祖先が祀《まつ》られる伊勢神宮《いせじんぐう》に未婚の皇女として奉仕する「斎宮《さいぐう》」、平安京有数の神社である賀茂神社《かもじんじゃ》に同じく未婚の皇女として奉仕する「斎院《さいいん》」があります。神聖な役割で、生涯未婚を貫く人もいたといいます。

皇后 ー 女御 ー 更衣
＝
（中宮）

「御息所」と呼ばれることも

第47日

源氏も手が出せない女性

●源氏24歳
●正妻格…紫の上
●恋人…朧月夜

藤壺《ふじつぼ》への思いに苦しむ源氏は、平安京の北部にある寺院に参籠《さんろう》します。そこで、ふと、賀茂《かも》神社《じんじゃ》が近いことを思い出し、その地で「斎院《さいいん》」となっているいとこ・朝顔《あさがお》の姫君《ひめぎみ》に歌を送ります。その内容は、まるで昔二人の間に何かがあったような、軽々しいものでした。

御前《おまえ》のは、木綿《ゆう》の片はしに、

（御前：朝顔の姫君（＝斎院）の（歌））


（斎院）「そのかみやいかがはありし木綿襷《ゆうだすき》心にかけてしのぶらんゆゑ近き世に」とぞある。御手《て》こまやかにはあらねど、らうらうじう、草《そう》などをかしうなりにけり。まして朝顔もねびまさりたまへらむかしと、思ひやるもただならず、①恐ろしや。②あはれ、このころぞかし、＊野宮《ののみや》のあはれなりしことと思《おぼ》し出《い》でて、あやしう、やうのものと、神恨《うら》めしう思さるる御癖《くせ》の見苦しきぞかし。


（「そのかみや…ゆゑ」：その昔、私とあなたの間に何があったというのですか。お心にかけて偲《しの》んでいるというのには覚えがありません。）

（御手：筆跡）

（草：草仮名）

（朝顔：朝顔の姫君（＝斎院）の顔を指す）

（やうのもの：似たようなこと）

＊野宮のあはれなりしこと…かつて源氏が野宮神社に恋人の六条御息所《ろくじょうのみやすどころ》を訪ねたことを指す。六条御息所は、娘の斎宮《さいぐう》（後の秋好中宮《あきこのむちゅうぐう》）が伊勢神宮《いせじんぐう》へ下向する前にいた野宮神社に身を寄せていた。

大意　朝顔の姫君（＝斎院）の和歌は、「その昔、私とあなたの間に何があったというのですか。お心にかけて偲んでいるというのは覚えがありません。近ごろのことではなおさら。」とあります。筆跡は繊細ではありませんが、巧みで、草仮名など上手になっています。まして、お顔も美しくなっているのだろうと想像する源氏は、恐ろしいものですね。源氏は「ああ、そういえば去年の今ごろだったなあ、野宮のしみじみとした別れは。」と思い出して、どの人も似たような境遇にあると神を恨みます。見苦しいことです。

上の古文を読んで、考えてみましょう

(1) ━線①「恐ろしや」とは作者の感想ですが、なぜこのように思ったのでしょうか。

ア　源氏が、神に仕える神聖な女性である斎院に対して恋心を抱《いだ》いたから。

イ　源氏が、会ってもいない斎院に対して、美人でいてほしいと希望を抱いたから。

ウ　源氏が、紫《むらさき》の上《うえ》と結婚したばかりなのに、違う女性に興味を抱いたから。

［　　］

(2) ━線②「あはれ、このころぞかし」とありますが、これは誰がこのように思ったのですか。**大意**の中に出てくる人物名で答えましょう。

［　　］

第47日

解答、解説

(1) **ア　源氏が、神に仕える神聖な女性である斎《さい》院《いん》に対して恋心を抱《いだ》いたから。**

「斎院」は、平安京有数の神社で天皇家の信仰が厚い「賀茂神社《かもじんじゃ》」に奉仕する神聖な存在です。純潔さや慎《つつ》ましさを求められる女性にちょっかいを出すなんて、さすがは源氏！　と言わざるを得ませんね。ちなみに、この朝顔《あさがお》の姫君《ひめぎみ》（斎院）は、源氏が何度くどいてきても拒み続けます。源氏が嫌いだったかと言えば、実はその逆なのですから、流されない意志をもった女性像が読み取れますね。

(2) **源氏**

まず、この場面に登場する人物を確認すると、①朝顔の姫君（斎院）※手紙の和歌だけ、②源氏、③作者※感想を述べているだけ、です。古文では、「いはく」「いふやう」の後や「〜と（いふ／おもふ）」「〜とぞ」の前などが会話文であると考えましょう。五行目には「―と思《おぼ》し出《い》でて」とあるので、その直前は誰かの会話文、もしくは心中語であるとわかりましたね。で、実際にこの場にいるのは源氏だけなので、正解は源氏、となります。

この後の物語は…

この後、自邸に戻るも源氏の頭の中は愛《いと》しの藤壺《ふじつぼ》のことでいっぱいです。藤壺と何とか交流しようにも生返事ばかり…。

【第十帖《じょう》「賢木《さかき》」】

さらに続き

藤壺は源氏との密通が世間に露見して、源氏との間に生まれた皇子の身にも危険が及ぶことを恐れていました。源氏にも周りにもわからないように突然出家してしまい、源氏はさらに悲嘆に暮れるのでした。

第48日

パパ、めちゃくちゃお怒りです

● 源氏25歳
● 正妻格…紫の上
● 恋人…朧月夜

源氏のライバル勢力である右大臣家の娘・朧月夜《おぼろづきよ》は、当時の東宮（現・朱雀帝《すざくてい》）の妻となる予定でしたが、源氏との関係が発覚したことで女官として後宮入りしました。その後「尚侍《ないしのかみ》」となった朧月夜はひそかに源氏と関係を続けていて、それが父である右大臣にバレてしまいました。

（右大臣）「世にけがれたりとも（朱雀帝が）思《おぼ》し（朧月夜を）棄《す》つまじきを頼みにて、（自分の）①かく本意《ほい》〔本来の願い〕のごとく奉《たてまつ》りながら〔（後宮に）差し上げたものの〕、なほその＊憚《はばか》りありて、うけばりたる〔歴とした〕女御《にょうご》なども言はせはべらぬをだに飽かず口惜《くちお》しう思ひたまふるに、またかかることさへはべりければ、さらにいと心憂《こころう》くなむ思ひなりはべりぬる。男の例とはいひながら、大将〔源氏のこと〕も②いとけしからぬ御心《みこころ》なりけり。」

＊憚り…朧月夜が源氏と関係をもっていたという負い目。

大意 右大臣は言いました。「朧月夜が汚《けが》れたからという理由で捨てることはないだろうと、朱雀帝の心を頼みに、本来の願い通り朧月夜を後宮に差し上げたものの、それでも以前からの源氏との関係が負い目になって、歴とした女御（＝天皇の妻）などと呼ばれないのがとても口惜しく思っているのに、さらに今回また源氏との密会があったので、まことに情けない気持ちになる。男の常とはいいながら、源氏も実にけしからぬことをする。」

上の古文を読んで、考えてみましょう

(1) ━線①「本意」とありますが、右大臣の「本意」とは何でしょうか。次の文にあてはまる言葉を、古文の中から二字でぬき出しましょう。

・娘の朧月夜を□として後宮に入れるというもの。

□□

(2) ━線②「いとけしからぬ御心なりけり」とありますが、右大臣はなぜこのように言うのでしょうか。

ア 朧月夜に対して汚れていると侮辱したから。
イ 天皇の妻候補だった朧月夜に手を出したから。
ウ 朧月夜以外の女性にも交際を迫っていたから。

□

解答、解説

(1) 女御《にょうご》

リード文からは、朧月夜《おぼろづきよ》は当時の東宮の妻となる予定だったことがわかりますね。「本意《ほい》のごとく（後宮に娘を）奉《たてまつ》」った結果、現在朧月夜は尚侍《ないしのかみ》になっているというわけです。それを踏まえて二行目を見ると、「うけばりたる女御」とあります。右大臣は、本来は朧月夜を天皇の正式かつ位の高い妻にしたいと考えていたのです。

(2) イ 天皇の妻候補だった朧月夜に手を出したから。

朧月夜の「尚侍」という役職は、そもそも有力な貴族の妻や娘から選任される、天皇の秘書のような立場でした。その後、天皇から寵愛《ちょうあい》される女性も出るようになり、天皇の妻候補といった立場になります。天皇の妻となるべく育てたのに、女御として後宮入りさせられず、それならば女官として後宮入りさせ、妻候補となる役職につけて…。右大臣の頑張りは、源氏に邪魔された形です。

この後の物語は…

右大臣は、娘であり、朱雀帝《すざくてい》の母でもある弘徽殿大后《こきでんのおおきさき》（元・弘徽殿女御）に源氏と朧月夜の関係を伝えるのです。

【第十帖「賢木《さかき》」】

さらに続き

激怒した弘徽殿大后は、源氏を平安京から追放しようと画策します。身の危険を感じた源氏は、遠く離れた須磨《すま》へと旅立つことにします。そこで出会ったのは、後に娘をもうけることになる「明石の君《あかしのきみ》」でした。

第49日

帝《みかど》の正妻になったのは…？

● 源氏19歳
● 正妻…葵の上
● 恋人…六条御息所

桐壺帝《きりつぼてい》の寵愛《ちょうあい》する藤壺《ふじつぼ》が、皇子を産みました。実は、この子の父は桐壺帝ではなく、源氏だったのです。源氏に似た美しい皇子の誕生に周囲は沸き立ちますが、藤壺の心中は穏やかではありません。そして藤壺は、中宮になることになりました。

（藤壺が）七月《ふみづき》にぞ后《きさき》*ゐたまふめりし。源氏の君、宰相《さいしょう》になりたまひぬ。帝おりゐさせたまはむの御心づかひ近うなりて、*この若宮を坊（春宮（東宮）。皇太子）にと、思ひきこえさせたまふに、御後見《うしろみ》（政治的なサポート）したまふべき人おはせず、御母方《ははかた》、みな親王《みこ》（皇族）たちにて、源氏（皇族）の公事《おおやけごと》知りたまふ筋ならねば、母宮（藤壺のこと）をだに動きなきさま（しっかりした地位）にしおきたてまつりて、強《つよ》りにと思《おぼ》すになむありける。*弘徽殿《こきでん》、いとど御心動きたまふ、ことわりなり（もっともなことだ）。されど、★「*春宮《とうぐう》（東宮。皇太子）の御世《よ》、いと近うなりぬれば、疑ひなき御位《くらい》なり。思ほしのどめよ（安心しなさい）」とぞ聞こえさせたまひける。

＊后ゐたまふめりし…中宮（＝天皇の正妻）となった。　＊この若宮…この生まれたばかりの皇子。後の冷泉帝《れいぜいてい》である。
＊弘徽殿…弘徽殿女御《こきでんのにょうご》のこと。源氏の兄である春宮（皇太子）の母。　＊春宮…現在の皇太子で、後の朱雀帝《すざくてい》のこと。

大意　七月には藤壺が中宮になり、源氏は宰相になりました。桐壺帝は遠からず退位しようという心づもりだったので、この男皇子を皇太子に立てようと思いましたが、政治的にサポートする人がいません。母方はみな親王たちで、皇族が政治を行うわけにいかないことから、母宮をしっかりした地位につけて、若宮のお力にと思ったのです。弘徽殿女御が動揺するのももっともなことです。けれど、「皇太子の治世も近いので、そのとき母君であるあなたは疑いなく皇太后（＝天皇の生母の称号）になります。安心しなさい」と言うのでした。

上の古文を読んで、考えてみましょう

(1) ━線「いとど御心動きたまふ」とありますが、なぜでしょうか。「皇太子」という意味である「春宮」という言葉を使って答えましょう。

(2) ★の発言をしているのは誰でしょうか。

ア　源氏
イ　桐壺帝
ウ　弘徽殿女御

第49日

解答、解説

(1) 例 藤壺《ふじつぼ》が、春宮《とうぐう》の母である自分より先に中宮になったから。

――線の直前の「弘徽殿《こきでん》」とは、注を見るとわかるように、「弘徽殿女御《こきでんのにょうご》」のことです。源氏の兄である春宮の母なので、もちろん帝《みかど》の妻となったのは藤壺より前になりますね。なのに、いまだに「女御」のままです。一方藤壺は「中宮」となります。キーワード解説で確認したように、序列は皇后（中宮）→女御です。それは、彼女の心中穏やかでないのも「もっともなこと」ですよね。

(2) イ 桐壺帝《きりつぼてい》

★は、藤壺が先に中宮になるが、弘徽殿女御の地位は不安定なわけではないという趣旨の発言です。彼女の息子は春宮、つまり後の朱雀帝《すざくてい》なので、弘徽殿女御は天皇の生母の立場となり、確固たる地位を獲得できるのです。そうやって、弘徽殿女御を安心させているのはイ桐壺帝です。なお、「聞こえさせたまふ」は、主に天皇・中宮・関白などに対する書き手・話し手からの敬意を表す表現です。

この後の物語は…

この藤壺が産んだ皇子は、当然と言えば当然ですが、源氏にそっくりなのです。藤壺は罪の意識にさいなまれ、苦しい日々を過ごします。【第七帖「紅葉賀《もみじのが》」】

さらに続き

不義の子を産ませたあとも、源氏は藤壺に夢中でした。一方藤壺は罪の意識から源氏を遠ざけ続けます。そんなとき、源氏は、朧月夜《おぼろづきよ》という姫君と出会い、契りを交わすのですが…。

こぼれ話

平安貴族にとって、家柄は自分の人生を大きく左右するものでした。光源氏は桐壺帝《きりつぼてい》の子でありながら、最終的に帝《みかど》にはなっていません。それは、母の桐壺更衣《きりつぼのこうい》が「更衣」という、帝の妻の中では低い身分だったからなのです。当時、子供の処遇は母方の身分や家柄で決まるものでした。源氏のように帝と身分の低い女性との間に生まれた子供は、皇族ではなく「臣籍」に降り、臣下となることが多かったのです。皇族以外でも母方の身分や家柄は重視されます。源氏は明石《あかし》の君《きみ》との間に姫君を授かりますが、明石の君は田舎出身。姫君の将来を案じ、源氏は姫君の養育を紫《むらさき》の上《うえ》に託します。明石の君は姫君と離れることをさびしく思いますが、泣く泣く承諾。こうした源氏の画策が実を結び、後に明石《あかし》の姫君《ひめぎみ》は中宮（帝の正妻）となることができるのでした。

解きながら楽しむ
大人の源氏物語

2023年11月14日　初版第1刷発行

カバー・本文デザイン　南 彩乃（細山田デザイン事務所）
カバー・本文イラスト　黒猫 まな子

企画・編集　株式会社カルチャー・プロ　菊池 由里
組版　株式会社シーアンドシー

発行人　志村 直人
発行所　株式会社くもん出版
〒141-8488
東京都品川区東五反田2-10-2
東五反田スクエア11F
電話　代表 03-6836-0301
編集 03-6836-0317
営業 03-6836-0305
ホームページ　https://www.kumonshuppan.com/

印刷・製本　三美印刷株式会社

Printed in Japan
ISBN:978-4-7743-3523-0
CD:34240